revenir fils

Du même auteur, dans la même collection

Sept gingembres, 2020

Recherche iconographique : Dimitri Smilenko
Image de couverture : © Michael Hall/Getty Images

www.lerouergue.com

Christophe Perruchas

revenir fils

la brune au rouergue

À Thérèse et François Tronson

À nos vieux, à nos fous,
les prochains nous.

À ceux qui pointent leurs yeux
clairs,
hébétés,
la vitesse de la vie,
son crépuscule.

À celles, perdues dans une ombre,
qui inventent de leurs fissures
parfois des lumières.

Les tendresses que ça fabrique.
Les colères aussi.

Avec l'amour maternel,
la vie vous fait à l'aube une promesse
qu'elle ne tient jamais.

Romain Gary,
La promesse de l'aube, 1960

Toutes les eaux sont couleur de noyade.

Cioran,
Syllogismes de l'amertume, 1952

1987

1

Les boîtes de Nesquik, on ne les jette pas. Dedans, quand elles sont vides, on met des épices, des condiments, de la farine. Ou du sucre. Mieux, on les habille d'une sorte de tissu plastique. On colle bien, on évacue les bulles d'air. Et puis on les aligne sur la table de la cuisine, les trois, cinq ou huit boîtes qui débutent la collection, on a attendu d'en avoir plusieurs pour acheter suffisamment de ce tissu autocollant. Avec des petites fleurs, dans les tons rouges, marron et orange.

Maintenant qu'elles sont là, pleines, devant nous, elles existent à nouveau, on leur a trouvé une raison de continuer, boîtes mortes et ressuscitées, ce n'est plus du banal chocolat en poudre, ce sont des récipients, les nôtres, on leur a donné une seconde vie.

Le temps et les manipulations n'ont pas encore grisé l'éclat de ce jaune industriel, fier et déplacé sur la table. En formica.

On a le triomphe modeste, on ne va pas en faire toute une histoire, n'empêche, petite victoire quand même.

On remplit la première de farine, l'autre de sucre en poudre, on laisse dedans le papier, ne pas abîmer l'intérieur, la troisième de Maïzena. Et puis on met des spaghettis dans une de celles qui restent. On en garde deux vides, on ne sait jamais, faire face à toutes les éventualités. Les étiquettes maintenant, des étiquettes dorées avec un encadrement noir, presque Art déco.

Les décalcomanies, lettre par lettre, on est obligée de consulter le dictionnaire pour écrire spaghettis. On a jeté le paquet trop tôt et on répugne à fouiller dans la poubelle, au fond du cellier, on pense furtivement à l'odeur des légumes qui se décomposent, il faudrait la sortir. Mais les marches qui descendent, les pourtant juste deux marches qui sautent la terrasse au sortir du cellier sont encore trop glissantes. Demain il fera sec, demain on prendra le sac, on fera un nœud avec la petite ficelle orange translucide. On demandera peut-être au fils de retour du collège.

Et puis l'odeur, c'est juste en imagination.

Le h de spaghettis, on l'aurait mis ailleurs.

Diminutif de *spago*, du bas latin *spacus*, ficelle. Du coup on comprend mieux les spaghettis. Quand on en fera la prochaine fois, on pensera aux *spahis*, juste après dans le Larousse. On aura sans doute oublié *spadice* qui vient avant, ce que ça veut dire et puis inflorescence, c'est prétentieux.

Le soir, on a sorti la boîte de gros sel, avec l'étiquette un peu de travers, la première, celle qui a essuyé les plâtres.

Le fils a mangé son melon, le menton dans son assiette. Il n'a pas parlé beaucoup. On lui a montré la boîte, il a remué la tête comme pour dire oui, on a sorti les autres récipients, armée hilare, manière de surprise. Les yeux sont revenus, juste un instant, porteurs de quoi ?

D'interrogation ? Une seconde avant de repartir dans un grognement.

Même les blagues qu'on a faites sur spaghettis, *quand même un diminutif ça ne peut pas être plus long que ce que c'est censé diminuer*, sont restées sans effets.

Après le dîner, on a sorti le sac de tubes de Smarties. On en a compté cent trente, certaines vieilles de plusieurs années. On a enlevé les bouchons de couleur et on a fait des tas.

On les utilisera comme des petites coupelles pour mettre la peinture. Oui, on peint. De l'acrylique souvent, de la gouache le reste du temps. On fera les mélanges dans l'assiette Elf.

On décide de ce que deviennent les couleurs, des teintes qu'elles fabriquent, elles doivent se mêler quand on l'a décidé, pas avant. Qu'elles ne fassent pas n'importe quoi, elles n'ont qu'à bien se tenir, chacune circonscrite dans son univers de plastique.

On regarde à côté, les tubes en carton multicolore. On pourrait mettre des crayons de bois dedans, qu'on doit appeler *crayons à papier*, c'est ce qu'a dit le fils, un soir en rentrant de l'école. Mais on n'en a pas non plus des dizaines, de ces crayons à papier. Avec ces tubes, on pourrait aussi faire des dessous-de-plat, il suffirait de couper les tubes et de coller les tronçons les uns contre les autres.

On abandonne, on remet tout dans le sac. On réfléchira demain, le poste de télévision est trop fort.

Il est tard, le fils va aller se coucher et s'endormir comme d'habitude, le visage tout contre le radio-réveil et son halo tremblotant qui met du rouge dans le noir.

On lave les capsules de couleur et puis on donne des croquettes au chat qui miaulait.

Depuis combien de temps ?

La sonnerie aiguë du réveil nous tire du mou où on attendait le matin.

Le fils n'est pas encore réveillé, il faut frapper à sa porte, entrer dans la chambre trop bien rangée, ce jeune est maniaque, ouvrir les rideaux et les volets, ne pas céder aux protestations faites avec des borborygmes, ce jeune est un ours, s'asseoir sur le lit, au bord, chercher la tête aux cheveux mélangés, sous l'oreiller.

Il est presque sept heures, les cours commencent à huit.

Pas de temps à perdre. Après son départ, en retard, vraisemblablement, il y aura du tri à faire. Et puis aujourd'hui c'est mardi, on a un cours au centre culturel du bout de la rue, le premier de l'année. Poterie. On aime bien.

Les autres années, on a fait des vases, des fins, des longs, des ronds, des courts un peu carrés. Et puis on en a eu marre de faire tourner la glaise, le tour n'est pas électrique, pensez-vous, pas assez de subventions, la mairie s'en fiche, il faut pédaler, toujours et modeler pendant. Bien sûr les tours manuels ça donne des vases personnalisés, mais même avec les irrégularités, c'est vite un peu la même chose. Alors à la fin de l'année dernière, juste avant les vacances – tu parles, l'ennui, plutôt, qu'il faudrait appeler ça, deux longs mois qui se traînent avec rien dedans sauf un soleil d'idiot qui met en nage dès le matin – on s'est surprise à prendre la parole devant tout le monde, *les vases c'est bien, c'est pas le problème, c'est juste qu'on a compris, que c'est toujours un peu pareil, et puis on en a déjà quinze à la maison, sans compter ceux qu'on a cassés et les autres qui servent pour des cadeaux d'anniversaire ou de Noël. On préférerait faire des statues*. On se rappelle bien, c'était le dernier cours, consacré aux vases fins, les plus compliqués. Il y a eu un grand silence à la fin de la phrase. Et puis les autres ont dit que oui, on avait raison, chacune dans son coin, ça a fait des petites rivières de mots qui sont venues mourir sur le professeur, un type pas rigolo c'est moi qui vous le dis. Il a raconté quelque chose sur l'art et l'artisanat, comme quoi on voulait changer de catégorie, pourquoi pas, mais que c'était plus exigeant.

Plus exigeant, tu parles, c'est pas lui qui tourne avec les pieds. Parfois on se dit que pour faire un vase, juste un seul, on a dû faire l'équivalent d'une journée d'étape du Tour de France. Plein les pattes.

Et puis une statue, on en a déjà fait une, à la maison, pour s'entraîner. D'après une photo de nu, trouvée dans un magazine chez le médecin. Déchirée comme ça, l'air de rien, en toussant à mesure, pour masquer le bruit du papier.

La statue c'était un week-end, dans la véranda. Le fils avait regardé, vaguement, en écoutant de la musique dans son Walkman, les sons métalliques et saccadés débordaient un peu de ses oreilles. On était bien, tous les deux, on n'avait pas besoin de parler.

Et puis de toute façon, si on en avait eu envie, il n'aurait rien entendu.

On s'était servie de la terre qu'on avait ramenée l'année dernière, de la glaise du lit du Verdon. On en avait rempli des pleins sacs de courses qu'on avait entreposés dans la caravane, juste avant le retour. Ça n'avait pas trop coulé.

Bien sûr, on n'avait jamais vraiment fini la statue, à cause des proportions des épaules, mais à part ça, c'est quand même autre chose que de faire des vases et des pots.

On repense à la terre dans les sacs Leclerc, c'étaient les dernières vacances avec l'Homme. Le fils écoutait déjà sa musique pointue à l'arrière de la 504.

Quand on se figure tout ça, l'Homme qui conduit, les stations-service, même le stabilisateur de la caravane qu'il avait soudé en juin et qui est maintenant dans le garage, en plein milieu, à nous accuser, quand tout ça repasse par la tête, on commence à mouiller les yeux, presque à pigner.

C'est bizarrement fichu le cerveau, tout ça surgit en une pincée de secondes, pendant que le fils est encore sous l'oreiller. On voudrait que le froid le réveille, mais c'est à peine septembre et puis pendant que les pensées nous traversent, il a remonté sa couverture avec un cheval dessus, très haut.

Et dessous il a l'air de très bien combattre le petit frais un peu humide qui entre par la fenêtre.

On finit par se lever pour aller faire passer le café.

2

J'avais décidé que je serais grand quand j'aurais quinze ans. C'est bientôt, plus que quelques mois. Le docteur du collège dit que j'ai sûrement été obligé de grandir plus vite, rapport aux événements.

Mais quand même, ça ne compte pas dans la date des quinze ans.

Il n'y a pas si longtemps, avant mes treize, vers les douze je dirais, mes parents prenaient très souvent la voiture le dimanche pour aller voir une tante ou un oncle ou même des fois les deux quand aucun n'était ni mort ni malade, ce qui devient de plus en plus rare à cause de l'âge : les tantes et les oncles, c'est vieux, ça a des chiens blancs qui tournent au jaune et ça crache dans des Tupperware.

À force de regarder Jacques Martin à la télé, de manger les cacahuètes du bar, l'après-midi était passé, déjà il faisait noir et les parents n'étaient pas rentrés, j'étais orphelin c'est sûr. Ils étaient morts dans un accident, la voiture bousillée, bonne pour la casse. Plus le soir arrivait, plus c'était évident que c'était ça. Le fossé, les tonneaux, maman sur le coup, papa dans l'ambulance. Ou l'inverse.

Et puis j'entendais la voiture qui faisait bouger la dalle en ciment de l'entrée, un bruit sourd pour chaque roue.

Bizarrement, j'étais content de les voir et en même temps déçu. Je n'allais pas commencer ma nouvelle vie, habiter tout seul, les voisins gentils, abattre toutes les cloisons de la maison pour que ça fasse une seule grande pièce avec tout dedans, mélanger la baignoire avec la cuisine, le salon et les chambres.

Une fois j'avais vu un reportage sur les obsèques (c'est les enterrements en fait) et ils disaient que ça coûtait cher la cérémonie, la pierre en marbre, la concession qu'on doit faire au cimetière, bref, j'aurais sûrement dû vendre la maison, la voiture qui ne vaut plus rien à cause du choc. Alors la nouvelle vie sans argent, non merci.

C'était aussi bien qu'ils rentrent.

Souvent, dans ces dimanches où on dirait qu'il pleut tout le temps, ils revenaient très vite : les oncles qui crachent étaient à l'hôpital avec leur boîte en plastique, les tantes qui piquent étaient de sortie.

Je ricanais un peu, à chaque fois, *pourquoi vous n'avez pas téléphoné avant, pour voir ?*

Pour mon père, le téléphone, ça servait à appeler la banque ou à prévenir un collègue en cas de pépin, c'est tout.

Alors ils s'asseyaient à côté de moi devant la télé, *laisse-nous une place sur le canapé,* et riaient quand les enfants répondaient à côté des questions avec des doubles sens.

Je détestais ces dimanches, mais quand c'est arrivé pour de vrai, ils sont devenus mieux que les dimanches qui ont suivi.

J'étais en quatrième, tranquille, j'avais rien demandé à personne, je faisais de l'espagnol pour la première année, la prof, cette brune la bombe, je me battais moins avec Hervouët, un gros en CPPN, je commençais gentiment à fumer des Marlboro toutes rouges, les Camel c'est pour les babes, j'étais déjà un peu amoureux de Sophia je crois, qui s'habillait toujours en noir comme les Cure, je jouais au foot à la récré, je faisais l'imbécile en EMT et puis mon père est mort.

Au début, on ne comprend pas bien ce que ça veut dire maman qui pleure quand on rentre le midi (je n'allais plus à la cantine à cause des épinards et des œufs qui à mon avis ne sont pas du tout faits pour aller ensemble).

Le téléphone avait sonné vers les onze heures et demie, pour une fois qu'il sonne, forcément le choc : *votre mari madame, état critique, la voiture, un virage, un pylône, sur la route de Bouaye.*

La mère, à l'époque je disais *maman*, maintenant c'est compliqué, la mère m'a attrapé à peine je rentrais pour me déposer en larmes, chez la voisine. Son mari, un gros toujours habillé avec des survêtements à la limite du propre, mais gentil quand même, l'a emmenée dans sa voiture à l'hôpital de Nantes.

Comme dans mes histoires du dimanche, il est mort dans l'ambulance.

Je crois que c'est un peu de ma faute, même si c'était un mardi. Comme quand on fait une commande au restaurant et que tout y est sauf le Coca à la place de l'Orangina. Une toute petite erreur, mais le reste est bien là.

Quand le téléphone a sonné chez la voisine, tous ces téléphones qui sonnent c'est louche, et qu'elle m'a refilé une deuxième glace à l'orange, je me suis douté que c'était pas bon signe.

Les glaces, c'est pas naturel sous la pluie.

3

Hier soir, on a fait la revue des choses neuves avec le fils. Un survêtement, un cartable en cuir, pas de sac US, non, ça abîme les affaires, des stylos, un cahier, de texte ; pour le reste, on va attendre, chaque prof va vouloir des trucs bien précis, ne pas engager des dépenses inutiles.

Il est bien réveillé, devant son café, il a le droit d'en boire maintenant. On lui a fait des tartines, il regarde dans son bol le néon qui s'y reflète. Il joue à l'en faire sortir en bougeant la tête, doucement. Bientôt ça va être froid, mais on ne peut quand même pas commencer à lui crier dessus, à quoi bon.

Il sera en retard, mais personne ne lui dira rien, au pire le principal touchera son poignet l'air de dire *mon pauvre* mais c'est tout. C'est sa première rentrée depuis le pylône EDF.

Ce soir, il n'y aura pas de laïus de l'Homme sur les objectifs à atteindre, sur l'importance des maths, pas de questions sur les profs, les élèves de la classe, *combien de redoublants, et pas de théâtre, non, pas avant le deuxième trimestre si les notes suivent et tant pis s'il faut se décider dès maintenant, mais c'est non.* Discussion à sens unique, comme un rite. Tous les trois nous savions que, dès le mois de novembre, début décembre à la limite, le fils irait faire du théâtre et que ça serait service minimum sur les maths, mais ce premier soir, pas question de discuter un seul point de la déclaration de politique générale.

Des pylônes en béton, on en voit partout et à chaque fois, *putains de moines*, on les maudit.

On attend qu'il soit prêt, *prends ton K-Way, on ne sait jamais*, pour lui proposer de l'accompagner. Il secoue la tête, mais ça on le savait d'avance. Il file en finissant d'attacher l'élastique autour de sa taille.

Cette année, il mangera à la cantine, les midis, c'est trop difficile et puis on a tellement à faire. Ranger, classer, ordonner. Tiens, s'occuper des tubes de Smarties, pour l'instant on les remet dans l'étagère de la pièce, la sorte d'atelier que l'Homme nous a installé à côté de la chambre d'amis. Peut-être on triera la laine, toutes ces chutes qui pourraient servir à finir cette couverture en patchwork, les nuits vont commencer à être plus froides maintenant. Trouver aussi une place pour les vases, ils sont fragiles, surtout les plus fins.

À peine si on a vu passer la matinée. Suante, ébouriffée, il faut vite mettre quelque chose dans une poêle pour le déjeuner et prendre une douche. On finira le tri plus tard. On laisse quelques broutilles dans la chambre d'amis, de toute façon ce ne sont pas les amis qui courent les rues et puis ceux qu'on a n'habitent pas assez loin pour devoir dormir à la maison. À part les Morisset, on ne voit pas.

Il faudrait en trouver d'autres, des amis lointains, aller dans des villes où on ne connaît personne, s'asseoir à la gare, au buffet, il y a toujours un buffet dans les gares et attendre qu'ils se posent à côté, sur le tabouret juste voisin. Après, on leur montrerait des photos de l'Homme et du fils. Et aussi de la chambre d'amis pour les faire saliver, on verrait bien la tapisserie neuve, l'abat-jour en vitrail qu'on a eu tant de mal à finir, c'est quand même autre chose que du Tiffany. Même si l'ampoule est cramée, sur la photo, ça aura de l'allure.

C'est peut-être comme ça qu'on les attrape, les amis.

Mais on n'est pas sûre que ça soit une bonne idée.

Pourtant, c'est sûrement la seule chambre d'amis du département avec une lampe en vitrail, presque le même que dans les églises, en plus moderne, avec bordures en plomb et tout le toutim. Il faudrait en faire une autre, d'ailleurs, jumelle, avec les morceaux de verre qu'il reste. Des chutes, un carton plein, quelque part dans une armoire. Il y aurait moins de rouge dans cette lampe, le rouge ça coûte trop cher, mais il y aurait largement de quoi en faire une deuxième. Dans les bleus peut-être.

La chambre d'amis, elle est en face de l'autre – quatre chambres on lui avait dit c'est trop, mais l'Homme avait rigolé et avait roulé les plans – on passe devant bien sûr, mais on n'y entre pas. Jamais.

Derrière la porte entrouverte tout est encore là, le berceau de bois blanc, la table à langer, large et solide contre la tapisserie aux motifs orange, et l'armoire, à peine remplie de petits pantalons, repassés à la patemouille, un morceau de coton grand-teint, on ne l'utilise même plus celui-là, tu parles si on s'en fiche d'avoir des traces de fer sur nos chemisiers.

Cette porte entrebâillée, ça rappelle les jours et les semaines sans dormir après, on n'a jamais pu oublier l'enfant Jean, c'est pas la question, mais le sommeil, lui, a fini par revenir.

C'est loin tout ça, il faudrait ouvrir la porte, entrer tout droit, avoir le courage et changer les meubles, recouvrir la tapisserie, lui donner une autre mission à cette pièce, pourquoi pas une autre chambre pour des amis ? Cicatrisée, prête pour une vie qui n'arrive pas.

En attendant, on frôle le retard. On sort la voiture, tant pis, pour faire huit cents mètres. Une 304 achetée avec l'argent de l'assurance-vie, une Peugeot, comme les prenait l'Homme. Plus petite, parce que à quoi bon, sans la caravane. Et puis on fait surtout de la ville, on sort moins dans les campagnes, on villote.

Il disait, *Peugeot, c'est pas beau, mais c'est increvable,* comme son frère disait à la fin des repas *ma femme, elle n'est pas belle, mais elle n'est jamais malade.*

Il riait de sa formule. Sa femme aussi.

Increvable et aussi *ça fait travailler la France.* Increvable parce qu'il en bouffait de la route, du 44, du 56, du 35. Quand il allait dans le 85, il croisait les doigts et disait *à ce soir, peut-être.* Il n'avait jamais vu autant de conducteurs du dimanche en pleine semaine.

Pour arriver au centre culturel, il faut passer devant le collège du fils. Il est là, assis sur une borne en béton, un peu à l'écart des autres. La cloche de deux heures sonne. Il a une cigarette dans la main. On s'apprêtait à lui faire un signe, peut-être même à klaxonner gentiment, du coup on fait comme si de rien, on regarde par le pare-brise devant, on se concentre sur le clignotant qu'il faut mettre.

4

Cette année, il y a une fille qui arrive d'une autre ville, vers la Bretagne, plus haut.

Nantes, je ne sais pas si c'est la Bretagne ou quoi, la mère dit oui, l'histoire, tout ça, le château des Ducs, papa disait non, le découpage des régions, maman parlait de Pétain et ça partait en vrille. Bref, Nantes, c'est la Bretagne sans la Bretagne. Cette fille qui arrive cette année, elle s'appelle Isabelle et elle a un pull.

C'est pas vraiment surprenant une fille qui s'appelle Isabelle et qui a un pull, mais si j'ai remarqué le pull, c'est à cause des montagnes en dessous.

Isabelle a de très gros seins. Et un visage qui dit exactement le contraire.

Je me dis que si je lui parle le premier, vu qu'elle connaît personne, alors on devient copains et après peut-être on s'embrasse ou pire si je l'emmène au ciné. Ou en boîte, sûr que la mère voudrait bien cette année.

Ça fait deux semaines déjà qu'elle est là, on a parlé un peu, mais c'est très dur de se concentrer à cause des montagnes. Les filles de la classe l'ont *prise en grippe* comme dit tante Jacqueline. C'est la première fois que j'ai vu en vrai comment ça se passe l'expression *prendre en grippe*. Comme quoi, des fois on sait ce que ça veut dire une phrase mais on la comprend encore mieux quand ça arrive devant vos yeux, et pas dans un livre ou dans la bouche d'une tante.

Comme les sciences naturelles.

Isabelle, à cause de sa grippe, c'est une métaphore, elle reste seule à la récré. Les autres garçons disent que c'est une pute, une salope, mais en vrai elle est timide. Les garçons, j'ai remarqué que quand c'est plusieurs ça devient bête.

Moi je reste avec elle à la récré et je fais celui qui ne remarque pas ses seins. Mais c'est balèze. Elle aime bien lire, *moi aussi*, je lui dis.

Quand elle me demande quoi, j'invente un titre. Le Voyage à l'épicerie, *c'est un voyage qui se passe dans un magasin comme si les allées étaient des mers, les chariots, des bateaux, et les choses qu'on trouve sur les rayons, des animaux ou des hommes.*

Ça a l'air super, je pourrais lui prêter ?

C'est un livre de mon père, je voudrais encore le relire. Un silence.

Elle me regarde dans les yeux, fort. Je ne vois presque plus ses montagnes.

Je ne suis pas très fier de faire ça, mais un père c'est censé nous aider dans la vie, pas mettre la 504 dans un poteau en ciment.

Je crois que bientôt je pourrai embrasser sa bouche. Et aussi voir dessous son pull, peut-être avec les mains, toucher ses seins bretons. Je bande déjà dur, contre les boutons de mon jean. Il faut que ça passe, je me lève pour aller aux W.-C.,

Isabelle me fait une bise sur la joue, toute grave, elle comprend que j'aie envie d'être seul. Je me retourne et j'emmène dans ma tête une photo de son pull un peu petit.

Il faut que je continue à voir Mme Naigre, l'assistante sociale du collège. Je suis obligé d'y aller tous les jeudis soir. Avant, ça ne m'embêtait pas, mais maintenant, ça m'oblige, une fois par semaine à ne pas accompagner Isabelle à son car, elle n'habite pas en ville, mais dans la *presque campagne* comme elle dit.

Mme Naigre travaille dans six collèges à la fois, du coup elle ne reste pas en place. Elle me demande toujours comment ça va, me donne un vieux bonbon à la menthe, ceux avec une pie dessus, transparents, qu'on dirait qu'ils ont coulé de l'autre côté du papier, ça colle. Après comme je ne suis pas trop bavard, elle me demande encore, *à la maison ça va ?*

Elle me pose plein de questions sur la mère, si c'est elle qui prépare à manger, ce qu'elle fait, si je reste seul. C'est bon, j'ai quatorze ans, je peux me débrouiller, je ne suis plus un gamin.

Je ne lui dis pas qu'elle ne sort presque jamais sauf pour ses activités ou des courses mais jamais après que je rentre du collège. Ça ne la regarde pas, elle se prend pour qui ?

Elle me parle aussi de mon grand frère d'avant, que je n'ai jamais connu, Jean. Drôle de nom, s'il avait continué à respirer normalement au lieu de faire la mort subite, sûr qu'il se ferait chambrer, Jean, c'est un prénom pour les vieux.

Elle insiste, *ça fait beaucoup pour ta mère, il faut lui laisser le temps de refaire surface,* et d'autres trucs qui ne veulent rien dire.

Chaque fois qu'elle me fatigue, je pense à son nom. Naigre, ça ressemble à maigre, ce qu'elle est, toute sèche et grande, on dirait du carton. Je pense aussi que c'est une injure, nègre, on nous interdit de le dire. Ça veut dire noir, mais en se moquant, comme si on disait *les noirs c'est des animaux, pas des hommes*. Dans les vieux dictionnaires d'avant la guerre, ceux qui viennent de chez mamie, c'est encore marqué dedans. Après c'est devenu une insulte, on peut avoir des problèmes.

Moi ce qui me fait rire, en plus de sa peau toute blanche, limite rouquine, c'est par exemple d'imaginer ce qui se passe si je la rencontre dans la rue et que je crie son nom pour dire bonjour. Est-ce que c'est interdit aussi ?

En même temps, si je la croise dans la rue, c'est sûr que je ne lui dis pas bonjour, je me cache plutôt en attendant qu'on se décroise.

Tout ça fait que je ne me suis pas rendu compte qu'elle avait commencé à plier ses affaires, elle doit partir pour une entrevue dans un autre collège. Avec dedans des élèves comme moi, sûrement des pires, moi je n'ai rien fait. Elle est rassurée de me voir plus souriant, je ne lui dis pas que c'est à cause de son nom. Je ne lui ai pas dit non plus pour Isabelle. C'est à moi. Les montagnes aussi.

5

Ce sont des petits cageots à fruits, il y en avait douze, pas abîmés du tout. Juste un qui était taché, de l'abricot sûrement. Ils étaient juste à la sortie du Suma, à côté de la porte qui s'ouvre toute seule quand on avance.

On a rapproché la voiture et on les a chargés, dans le coffre et puis à l'arrière. Du coup les courses ne sont pas faites, on piochera dans le congélateur.

On va assembler ces petites cagettes ensemble et en faire un petit meuble pour ranger ce qui traîne dans le garage, ça fera plus riche. Et puis quoi faire de ce stabilisateur de caravane ?

Le fils, on fait comme si de rien pour la tabagie. L'année passée, il disait que c'était au café, la partie de baby-foot après les cours, tous les grands qui fument, les affaires qui sentent et c'était tout.

Maintenant, on l'avait vu de ses yeux, une cigarette à la main. Comment fallait-il réagir ? Qu'aurait fait l'Homme ? Un mot et puis un autre, la fouille de la chambre, une claque, même. Et le problème aurait été réglé.

Pour le théâtre aussi, on a cédé tout de suite. La psychologue avait conseillé de lâcher un peu de lest, on n'a pas discuté. C'est le mercredi les répétitions, il revient tard du centre culturel, il mange seul, on lui a laissé une assiette dans le four à micro-ondes, il se débrouille, on dirait qu'il parle tout haut.

Il répète à ce qu'il paraît.

Il y a une tournée prévue à la fin de l'année, on a signé une décharge, c'est une création collective, la pièce n'existe même pas. Le théâtre amateur déjà c'est pénible, c'est pas comme avec des Jacqueline Maillan où ça bouge dans tous les coins et où on comprend tous les mots, mais le théâtre amateur, en plus écrit par des amateurs, on demande à voir, oui.

On encourage du bout des lèvres, l'enthousiasme, ça ne se décrète pas. Et puis on n'a pas la tête à ça, la réserve de l'assurance-vie fond plus vite que prévu, la faute à la 304, au four à micro-ondes et au magnétoscope sûrement. On touche bien une pension, petite, un truc de réversion, l'entreprise de l'Homme, c'était dans les statuts. Mais il reste deux ans à payer la maison, avec les assurances, celle de la voiture, l'électricité, le chauffage… Finis les bains, ça endort et ça rend mou, on tire la langue à chaque fin de mois.

Au début, la banque faisait le dos rond, les coups de téléphone étaient bien polis, pleins de condoléances pas effacées et puis avec le temps, on voit bien que ça redevient comme avant, la mort de l'Homme fait partie de nous, c'est un accident de la vie, tout continue et les agios.

Au début, il y avait les visites de Bertrand, le collègue de l'Homme. Il se tenait dans un coin de la pièce, à peine assis sur le fauteuil, le blouson toujours sur les épaules, un verre de Ricard sur la table juste devant lui. Il y avait des silences, beaucoup, on ne se connaissait pas bien. Et puis des histoires avec l'Homme, des histoires du travail, des blagues faites à des collègues, les clients, Michonneau, la tête de salaud, celui qui ne payait jamais. Souvent les mêmes anecdotes, on faisait semblant de les découvrir à chaque fois, *un autre verre Bertrand ?* Il fallait l'appeler Bébert, comme l'Homme le faisait. On n'y arrivait jamais, mais on promettait. Un troisième verre, *servez-vous Bertrand*, regard fâché, c'était Bébert. On allait essayer. Un Ricard tassé, *une soupe* comme disait l'Homme, un troisième verre qui faisait venir les larmes tout au bord des yeux de Bébert, un troisième verre qui mettait le prénom de l'Homme dans sa bouche. Bègue hébété. Puis il se séchait les yeux d'un revers de ses grosses paluches et se levait à la vitesse d'un ressort qu'on libère. Il prenait dans ses bras comme on se débarrasse d'une corvée, vite et brusquement et partait par la porte de la rue. On l'entendait siffloter en le suivant pour fermer derrière lui.

Au début aussi il y avait les voisins, les petits mots gentils, même ceux qu'on n'aimait pas, avec leurs chiens qui aboient sans cesse. À la boucherie c'étaient des signes de tête, des sourires retenus, les gens qu'on ne remettait pas qui traversaient la rue pour serrer la main.

On avait rassemblé toutes les cartes de condoléances dans une boîte en fer avec un arbre et une rivière peints dessus, parfois on les relisait quand le fils était au collège. Chaque fois, ça faisait une lame dans le ventre, les gens aimaient l'Homme, et les cartons se ressemblaient, *dans cette épreuve qui vous touche… nos condoléances les plus sincères… nous pleurons avec vous… de tout cœur nous vous disons combien est profond notre soutien…*

On pardonnait même les fautes d'orthographe, on les comprenait presque, elles donnaient un vernis de vérité, les sentiments qui coulent directement, sans passer par le Bescherelle.

Et puis les débuts ont laissé la place à l'habitude du manque. Le vide était devenu solide, le précipice continuait de crier sa béance, mais on l'entendait moins : il impressionnait moins en tout cas.

On ne sait pas où on a pu mettre le carton de laine pour commencer ce patchwork.

6

J'ai dit à la mère que je voulais prendre des cours de maths le mercredi midi. J'ai pas très envie, mais cette année elle a tout de suite dit oui pour le théâtre et si ma moyenne, algèbre, géométrie, suit sa courbe naturelle, psychologue ou pas, le spectacle de juin ça va pas être pour moi. J'ai dit à Marc et Abdelkader que ça y était, le théâtre, pas comme d'habitude à la Noël, des seconds rôles ou des désistements, non, dès le début, dans la troupe. Pour eux, le théâtre c'est des trucs de pédés, ils comprennent pas, ils viennent, oui, aux spectacles mais comme j'ai des rôles minuscules en général, quand je leur demande *alors, comment c'était ?*, ils disent *on a dû dormir, on t'a pas vu*, l'année dernière Abdel m'a demandé si j'avais été coupé au montage. Il est con.

Il est curieux Abdel, la première fois que je l'ai vu, c'était à la piscine, il a sauté dans le petit bain, m'a rejoint et m'a mis un coup de poing en pleine face, pour rire. Comme je saignais, j'ai dû sortir de l'eau. Lui, il n'a pas bougé, il n'a même pas été puni.

La fois d'après il était là. Il est encore venu dans le petit bain. Quand il est arrivé tout près de moi, j'ai levé les bras, *pour parer* comme on dit. Mais rien. *Tu ne crois pas que je vais passer mon temps à te bastonner ?* C'est vers là qu'on a commencé à se parler pour de vrai. Maintenant, on est copains, vraiment, sauf pour le théâtre où il est bouché à l'émeri. Avec Marc, ils ont chacun un 103 SP. Ils ont mis dessus des pots de détente Cobra, Marc, un guidon torsadé qu'il a eu pour son anniversaire, ça crâne à la sortie du collège. Les filles se moquent, mais je vois bien que ça les impressionne un peu. Moi, la mère, déjà que c'était mort pour le 103 avant, maintenant, même plus j'en parle.

Je ne sais pas si j'aimerais ça, une meule. Je prends le bus et les soirs, je monte derrière Abdel, Marc il me fait peur, il est cinglé, on dirait qu'il le fait exprès, freiner toujours plus tard. En bas de chez lui, il y a un petit virage droite-gauche, il appelle ça sa chicane, il fait des courses, passer la chicane à 70, c'est son objectif. Une fois il s'est pété la figure, poignet cassé, le 103 n'avait rien. Que des griffures.

C'est marrant les filles, depuis que je suis scotché avec Isabelle aux récrés, Sophia fait des crises. Ça a du bon je trouve. Avant elle savait que je l'aimais bien, souvent on rentrait du collège ensemble, on parlait près d'une haie, à l'endroit où nos chemins se séparent. De tout. De sa mère, de son père parti avec une autre, de ses notes, de comment elle allait choper le bulletin pour imiter la signature, de ma grand-mère quand elle était encore là, des pions, *le barbu avec le blouson en cuir, c'est un cow-boy ou quoi ?*

On parlait une heure, des fois plus. On avait l'habitude d'arracher des bouts de haie en parlant, comme un tic. On coupait un morceau de branche, on le jetait par terre et on en reprenait un autre. Des tout petits bouts à chaque fois, mais à la fin, par terre c'était un vrai tapis de petits trucs verts, comme si c'était le mois de janvier sous un sapin de Noël géant. Depuis le jour du pylône, on rentrait moins ensemble, elle me faisait des grands signes dans les couloirs, mais j'avais du mal à *bavasser* comme dit sa mère, *mais qu'est-ce que vous pouvez bien vous raconter* ? Cette année, on n'est plus dans la même classe à cause de l'anglais que j'ai pris normal mais elle, renforcé. Ça fait une heure en plus par semaine, non merci. La semaine dernière, on est rentrés ensemble, elle boudait, alors je l'ai laissée, sans faire de déforestation. Mais avant-hier, elle m'a demandé à la fin des cours si je voulais prendre un goûter chez elle. Chez elle, c'est un HLM, près d'un parc avec dedans un lac où on va fumer en cachette avec Marc et Abdelkader. La dernière fois que j'étais allé chez elle, c'était pour son anniversaire, je lui avais acheté des gommettes, je trouvais ça nul comme cadeau, mais elle avait adoré et tout le monde avait fait des feuilles de gommettes, Marc avait fait une bite, on s'était fait engueuler par la mère de Sophia, une dame portugaise qui parle un français tout Chamallow.

Maintenant, on est là, tous les deux sur son lit, sous la fille de Taxi Girl en kimono noir avec des fleurs orange, des tulipes je crois, mais je suis nul en fleurs. *Cette fille est une erreur*, un vieux poster, je connais pas, je n'y vois pas de message particulier sur le coup. Le groupe, je ne connais même pas, pourquoi cette fille a les bras attachés au-dessus des coudes ?

Sophia s'est rapprochée, je souris, elle prend mon verre de jus de pomme et le pose par terre, à côté de son Kikitler, un Kiki de tous les Kiki, sauf qu'elle lui a fait une moustache et qu'il a une croix gammée sur le plastique du front. Cette fille est bizarre, mon grand-père, je crois qu'il n'aurait pas trop aimé.

Elle est penchée sur moi, les yeux fermés. C'est sans doute le moment de l'embrasser. Je suis surpris, c'est chaud, mouillé, vaguement écœurant. C'est pas la première fois que j'embrasse une fille, hein, mais à force de parler avec celle-ci, j'avais une autre idée de l'intérieur de sa bouche, je voyais du ciel et du vent, à la place je trouve comme un étang un soir de juillet. Je garde les yeux ouverts, elle est tout contre moi, l'air très concentré, un peu de sueur, je crois, sur la tempe, mais comme c'est tout près, je louche.

Début septembre, Marc nous avait raconté ses vacances, plus drôles que le centre culturel et ses activités pour scouts, son mois d'août sur la Côte d'Azur, vers Marseille, près de l'Italie. *Là-bas, les filles, elles n'hésitent pas, c'est direct la main au panier, t'as intérêt à assurer, on n'est pas là pour jouer*. J'avais pas compris tout de suite à cause de son histoire de panier.

Sophia, elle doit être de Marseille ou des environs, ou bien sa mère y a fait une pause en remontant du Portugal.

Sa main est un peu dans mon pantalon, je rêve, elle me touche. C'est très excitant mais aussi vite douloureux, à cause d'elle qui me branle maintenant comme on démarre une tondeuse ou un moteur de bateau. Elle m'embrasse toujours, ça tourne comme une bétonneuse, une vraie entreprise de travaux publics.

Heureusement pour ce qu'il reste de ma pine, la porte d'entrée claque, c'est sa mère qui rentre du supermarché où elle bosse.

Rouges un peu, elle en sueur et moi la chemise sortie du pantalon. Je reprends mon verre et aussi un air tranquille, *Mme Alvarez bonjour, oui, un exposé en histoire-géo sur l'écosystème des Galápagos. On veut bien un goûter, des Verkade ou un Balisto, jaune, très bien et de l'Antésite, parfait.*

Ça changera du jus de pomme, j'aime pas ça le jus de pomme je crois.

Sophia me jette des regards qu'elle n'a pas d'habitude, mais j'imagine que c'est normal, d'habitude on ne s'embrasse pas sur la bouche et d'habitude elle n'essaie pas d'arracher mon pénis non plus. D'habitude on coupe juste des bouts de branches qu'on jette par terre.

Le regard dure. Il se passe quoi maintenant ? Si Isabelle apprend ce qui s'est passé, au revoir les montagnes. Sophia est gentille, plutôt jolie mais niveau poitrine, elle est en division colline.

Sa mère est revenue nous apporter le plateau du goûter avant de partir faire ses commissions. C'est curieux, cette femme travaille dans un supermarché, mais elle n'y achète jamais rien, le patron est désagréable, *raciste* elle dit. Elle n'est ni noire, ni arabe comme Abdel, première nouvelle, on peut être raciste avec les Portugais. Et pourquoi pas détester les Espagnols tant qu'on y est ?

Elle fait ses courses chez Mammouth du coup, par vengeance.

Les seins de Sophia, en fait, ils ne sont pas si petits que ça, ils sont doux et même sentent très bon. J'ai pris dans ma bouche ses pointes sombres, j'ai aussi léché sous son bras, là où la sueur et le savon se mélangent.

Elle a continué son entreprise de destruction, avec plus de douceur et puis juste avant que je jouisse dans ses mains, mais peut-être c'est lié, elle a posé sa bouche sur mon sexe, caresse furtive, papillon et puis s'en va.

Après il a fallu que je la caresse, doigt dans sa chatte, mais elle ne préfère pas que je rentre vu comme elle se tortille en arrière. Je reste à l'extérieur, sur le devant. J'étais moins motivé, mais elle a eu l'air contente, elle a fait des petits bruits et son sexe aussi, sous mes doigts, comme quand on marche dans des flaques d'eau. Et puis elle a basculé en arrière, pantalon toujours à mi-cuisse, en fou rire total. Impossible de la toucher après, ça commençait à ressembler à une partie de chatouilles, les Kleenex en plus.

Je suis parti avant même de finir mon Antésite, avant aussi que sa mère ne rentre, comme un voleur.

Je suis devenu presque grand avant mes quinze ans, aujourd'hui, ça fait un an pile pour le père, peut-être que c'est un signe.

Mes doigts sentent Sophia. Est-ce que j'aurai encore son odeur ce soir ? Demain matin ? Combien de temps ça met à disparaître ?

7

Cette manie d'arriver à table sans se laver les mains, son père n'aurait pas cédé, mais à quoi bon ? Déjà il a de l'appétit, ça change, c'est pas pour rien qu'on l'appelle la crevette, ses jambes, des allumettes, et avec la croissance, ne pensez pas que ça s'arrange.

On rêve ou il a du duvet au-dessus de la lèvre ?

Une pizza surgelée, pas de risque de la rater, on l'a achetée sans connaître la marque. Un peu à cause de la boîte qu'on a trouvée belle. Pas belle comme dans un musée, rien à voir avec un tableau ou une photo, ils mettent des photos dans les musées maintenant c'est nouveau, mais belle quand même.

Une illustration qui montre un olivier près d'une jolie maison, tout ça au trait, élégant. Un gros drapeau aux couleurs de l'Italie surmonte le tout. Encore au-dessus, en juste plus petit que le drapeau, la marque Zap Pizza, *l'Italie en moins de cinq minutes*. Le carton est solide, épais, mais son séjour au congélateur l'a rendu souple. Un peu comme le cuir usé d'une vieille paire de chaussures. L'ouvrir sans le déchirer, le dos bien droit, et pour l'aplatir complètement, poser dessus les suppléments week-end de *Ouest-France* – dedans il y a les dates des brocantes, des restaurants même si on n'y va plus, et aussi des photos quelquefois de jolies dentelles ou de vieux métiers d'art, ça nous intéresse. Il faudrait les classer, par thème, par saison, par je ne sais quoi, pour l'instant c'est l'ordre d'arrivée qui prévaut. La pile branlante des brocantes, des photos et de tous les restaurants va domestiquer ce carton, pourtant contraint par des machines sophistiquées, programmé pour ressembler à une boîte. On doit tout lui désapprendre, son métier de boîte, son épaisseur, tout. La pizza qu'il devait protéger a disparu. Qui va le protéger maintenant ?

Nous. Et les suppléments du journal.

Un par un, ils ne sont rien, mais leur poids vient de leur nombre, du nombre de semaines. Plus de trois ans, cent cinquante, autant de suppléments, moins, bien sûr, les quatre semaines d'août. Trois ans pour leur trouver une utilité, on a bien fait d'attendre, de ne pas écouter l'Homme qui nous les jetait. On aurait déjà cinq ou six piles comme celle-là, sinon.

Obligée de les cacher au fond du garage, de faire semblant de ne plus les garder, derrière les sacs d'argile, l'argile, tiens, il faudrait la mouiller un peu, ne pas qu'elle sèche, sinon c'est mort. On avait eu du mal à les ressortir, les suppléments, après la cérémonie. On se sentait vaguement coupable, comme s'Il nous voyait. On les avait rapatriés à la maison en plusieurs voyages, par hasard, comme si on les découvrait pour la première fois. Le dernier datait de quelques jours avant l'accident, on l'avait mis tout en bas de la pile, tant pis pour la chronologie.

Depuis, on continue, chaque semaine, l'édification de ces tours de papier. On a décidé de garder le quotidien aussi. Pourquoi faire une différence ? On peut tout aussi bien devoir retrouver un article pour en parler au fils. Sans compter que c'est finalement plus simple : comme on garde l'ensemble, on n'a plus besoin de découper et d'archiver chaque jour la rubrique nécrologique.

Avant on la lisait à voix haute, au début, on se souvient, ça avait agacé l'Homme, il trouvait ça morbide, ce qui est ridicule, lui disait-on, *mon pauvre*.

Mais il s'était habitué à la lecture quotidienne, il faisait même des commentaires sur l'âge, *c'est pas possible, combien tu dis ? vingt-neuf ans ?*, et quand c'était des enfants, ses poings qui se fermaient, les jointures blanches.

S'il nous arrivait d'oublier, il demandait, tout benêt, si on avait vu le journal aujourd'hui. Comme ça, ni plus ni moins, c'était son signal. *Mme Rénouilly, sa femme, Paul, Michèle, Louis, ses enfants, Ses petits-enfants, Son arrière-petite-fille ont la douleur de vous faire part du décès d'Émile Rénouilly dans sa 87e année des suites d'une longue maladie. Une cérémonie aura lieu en l'église de Saint-Sébastien-sur-Loire le mardi 11 février à 11 heures. Ni fleurs ni couronnes, cet avis tient lieu de faire-part.*

Les nécrologies, on avait commencé à les garder bien avant le jour de la parution de celle de l'Homme. Elle n'était pas bien longue la sienne, on avait failli faire plus court, mais qu'auraient pensé les gens ?

On avait aussi celle de l'enfant Jean, bien sûr, à part, dans un cahier, elle était toute jaune maintenant, 1961, il aurait vingt-six ans cette année. Le cahier, on le range dans le tiroir à chaussettes.

Au début, les notices, on les découpait, il y en avait toujours moins d'une page, un peu plus l'hiver, moins en été, sauf on se souvient en 76, la chaleur sans doute. On avait un grand classeur, noir forcément, le choix de la couleur avait été important mais pas très difficile, ceux qu'on avait d'avance étaient rose l'un, et l'autre jaune. Dans ce classeur, on pliait la page, plus grande qu'un A4, de façon à laisser la date apparente. Et une éventuelle annotation à chaque fois que cela concernait quelqu'un qu'on connaissait.

Mais maintenant qu'on gardait le journal en entier, il ne servait plus, le classeur, qu'à conserver celles d'avant.

Très vite la pile de suppléments avait été doublée par celle des quotidiens. C'est mathématique, il y en a six fois plus et le journal est bien plus épais, mais ça avait quand même été une surprise. Pas une surprise brusque qui accélère le cœur et qui rend les jambes en fromage blanc, non, une belle surprise, lente, qui avait mis plusieurs jours à émerger, qu'on avait reconnue par tous les signes qu'elle avait lancés, une surprise qui était tous ces signes avant d'être une surprise. Un jour, on s'était rendue à l'évidence : les piles étaient aussi grandes l'une que l'autre, un bon mètre.

Les suppléments grandiraient moins, bientôt les quotidiens les laisseraient sur place, sans remords, ils feraient plusieurs tas.

La pile des suppléments était notre préférée, pour bien faire la différence et peut-être aussi pour l'augmenter un peu, c'est sous celle-ci qu'on mettrait les cartons à pizza.

Est-ce que c'est de la triche ?

8

Ce matin, on a reçu un coup de téléphone de Mme Morisset, l'air de rien, au lendemain des un an de l'Homme, une dame qu'on a croisée il y a trois ans dans un terrain de camping près des Pyrénées. Depuis, c'est carte de vœux, un peu de téléphone pour prendre des nouvelles une ou deux fois l'an et l'été, des cartes postales, au départ des rigolotes avec des filles un peu nues et des dictons idiots, cette année, obligé, plus sérieuse, une recette de gaspacho en espagnol. On l'a collée sur le frigidaire, un jour on le fera, ça n'a pas l'air bien compliqué, l'espagnol.

Mme Morisset est mariée à M. Morisset, mais allez savoir pourquoi, lui, on l'appelle Jacques. C'est un grand qui parle fort et qui bricole mal, le genre à monter les robinets à l'envers, froid à la place de chaud, ce qui fait que tu t'ébouillantes la bouche quand tu te rinces les dents. Il dit que c'est fait exprès, *ne jamais se reposer tout à fait, rester aux aguets, être à l'affût.*

Même aux toilettes, il a mis le ballon d'eau chaude dans une position pas faite pour lui, pour gagner de la place, depuis, il fuit, dégouline de sous le faux plafond, ça fait ploc, ça goutte sur l'épaule droite quand on ne s'y attend pas. Et aux toilettes, avec personne qui vous regarde, on ne s'attend à rien. Chez les Morisset, c'est pas possible, il faut s'attendre.

La dernière fois qu'on s'est arrêtés chez eux, vers Bordeaux, en rentrant de vacances, on avait dormi dans la caravane, ça leur faisait moins de soucis et puis, on préférait rester dans notre roulotte, comme des gitans, *non, pas de troisième porto, Jacques, sûr.*

Jacques, il a un cancer, elle m'a dit Mme Morisset. Elle fait femme de ménage chez un médecin à Saint-Jean-Quelquechose. Des poumons, avec des métastases déjà.

C'est triste, au téléphone, on n'a pas su quoi dire, le grand Jacques avec son coffre et ses gauloises.

N'importe comment, on pourra en parler au fils, qu'il arrête sa cigarette, *à quoi ça mène, tu vois.*

C'est pas maintenant qu'il va se décontracter le grand, avec le crabe qui peut pincer n'importe quand, sans prévenir. On n'avait jamais pensé vraiment à l'effet que ça faisait une maladie, une vraie, vicieuse, bien installée. Une ennemie qui mord, qui bouffe, qui met à genoux, qui tue tout doucement. Le pire, c'est que c'est là tous les jours, que ça vient de vous, de là où on ne peut pas surveiller.

Comme des pylônes, à l'intérieur.

C'est quand on est en bonne santé qu'il faut profiter.

On a pris un manteau, le temps s'est rafraîchi et on est partie pour une grande balade qui change les idées, la première depuis longtemps.

Près du parc, il y avait des travaux qui commençaient, des immeubles, sûrement d'autres HLM, dire qu'avant il y avait des vignes par ici, on se souvient même qu'on y faisait du vélo, au début des années 60. Pas de tours ni de parc à l'époque. Saloperie, les parcs, c'est de la campagne qu'on injecte dans la ville.

En passant devant l'agence immobilière, celle, la bleue, qui fait l'angle du parc et du boulevard du Massacre, on est tombée sur les deux machines à écrire. Boulevard du Massacre, tu parles d'une adresse, boulevard du Crime, passe encore, ça fait dix-neuvième siècle, *Les Enfants du paradis* tout ça, mais du Massacre ?

Juste à l'angle, elles étaient, les deux machines, devant l'agence qui déménage on dirait, les vitrines sont peintes en blanc, il n'y a plus d'annonces affichées, rien. Posées par terre, une belle Olivetti verte et une Royal, plus ancienne, toute noire et corsetée comme une diligence.

On a vite posé des cartons par-dessus et on est rentrée à la maison au pas de course pour prendre la voiture. La Royal, ça a été facile de la mettre dans le coffre, l'autre, en revanche, *putain de moine*, il a fallu demander à un jeune qui nous a regardée de travers, mais tant pis, avec ces deux-là et celle qu'on a gardée de mamie, ça en fait trois de machines à écrire, une collection déjà.

Il faudra les nettoyer, changer le ruban de l'Olivetti sans doute, bien astiquer les touches, enlever la crasse sur chaque lettre, le E semble avoir disparu sur la verte, peut-être qu'il est sous la croûte un peu noire, sinon, on devra trouver une autre touche E. C'est la lettre la plus utilisée en français, heureusement.

On a remercié le jeune homme de travers et on s'est dépêchée de rentrer, le fils devrait déjà avoir fini les cours, il pourra aider. On l'a trouvé devant la télé, le *Club Dorothée*, c'est plus de son âge, affalé sur le canapé, *t'as fini tes devoirs ?*

Viens me donner un coup de main, j'ai une surprise dans le coffre.

Une machine à écrire, non deux, oui, c'est joli, ça fait comme un témoignage de l'ancien temps, attention au mur, on va les mettre dans le salon, en attendant. Quand elles seront propres, il sera toujours temps de leur trouver une place ailleurs.

La troisième, celle de mamie, une Remington, ça nous revient sur le chemin de la maison, avec la petite Royal sur les bras, c'est un cadeau d'un Américain à la Libération. Papi la détestait cette machine, on l'avait retrouvée dans le grenier, cachée dans une grande malle en carton, sous des chapeaux.

Si tes devoirs pour demain sont terminés, tu ne peux pas t'avancer ?

On se lave les mains, poussière d'encre. On essaiera d'écrire avec, pour voir. Des rubans, on doit en avoir une boîte, s'ils sont trop larges, on pourra toujours tailler dedans, un ruban, c'est un ruban.

On va sortir une pizza, c'est la deuxième fois cette semaine, mais elles sont bonnes, c'est le fils qui cuisine ce soir. *Tu ne jetteras pas la boîte ?*

Pas de réponse, c'est sa période bête, jamais content de rien, et quand il parle c'est toujours pour faire des reproches.

Heureusement, il n'a pas vu les *VSD* qu'on a ramenés du trottoir de l'agence immobilière, on les a laissés sur la banquette arrière. Il sera bien content un jour de les trouver, ces *VSD*, quand il en aura besoin.

On dort mal en cette saison, l'hiver approche, ça se sent. Pas le froid ni rien, juste le jour qui tombe tôt, le moral qui baisse avec la lumière, tous les ans c'est pareil, ça passe avec le printemps.

9

Ça avait moisi, forcément. La croûte de lait est difficile à ravoir, mais on ne lâchera pas. On a ouvert le robinet du garage en grand, on a rempli la grande cuve verte, celle dont l'Homme se servait pour nettoyer ses bouteilles, en plastique robuste, achetée pendant une foire, il y a quoi, dix, quinze ans ? On caresse la surface, convexe, juste sous les poignées, fondues dans la masse, manière d'oreilles de chaque côté du récipient. À part quelques éraflures, rien n'a bougé, solide. Maintenant, celles qu'on trouve dans le commerce, dans les grandes surfaces ou bien chez Truffaut, grosses bassines translucides, c'est fragile et compagnie.

La cuve remplie, on attrape le goupillon, pour bien faire il faudrait laisser les pots à tremper.

Les yaourts résistent à l'eau froide, l'étiquette continue de coller, l'intérieur, on n'en parle même pas. Cette croûte semble faire partie du verre, matière métisse.

Rangés par colonnes, ils attendent, les petits pots de verre, il commence à faire frais dans le garage, on les a disposés autour du bac comme un soleil et ses rayons, ça ne change rien à la température, trois cents peut-être, à raison d'un tous les soirs, ça fait presque un an, le fils n'en prend pas. D'ordinaire, on débarrasse la table seule, le fils a filé dans sa chambre, ou plus sûrement devant la télé, déjà. On récupère le pot de yaourt à l'abricot, un joli pot en verre. On a décidé, une bonne fois pour toutes, qu'on perdrait moins de temps à les nettoyer tous en même temps, le jour où on en aurait suffisamment.

Ce jour c'est aujourd'hui, et devant cette armée, on se demande si c'était vraiment la bonne solution. Une petite minute chaque jour sous l'eau chaude, décoller l'étiquette, nettoyer l'intérieur ou une tournée de lave-vaisselle toutes les semaines et on n'en serait pas là.

Le tuyau d'arrosage goutte, le sol en ciment est plein d'eau, les chaussures dedans, on ne s'est rendu compte de rien.

On les prend un par un et on les remplit d'eau pour qu'ils coulent, l'un après l'autre, plongée vers le bas. Le bruit du verre sous l'eau, curieux comme il arrive vite aux oreilles, à peine moins cristallin. D'abord un *plop* quand l'eau envahit le yaourt, puis rien, la descente vers le fond de la cuve, déjà tapissé de dizaines d'autres pots et le son pour finir, grossier cristal qui se cale comme il peut. On s'amuse, chaque fois le son est le même, chaque fois pourtant il diffère un peu. Plus il y a de pots qui s'accumulent, moins le silence est long. Bientôt, on a le *gloup* et derrière directement, le *bling*.

On accélère la cadence, la musique fascine. On patauge dans l'eau maintenant, la flaque s'étend loin autour du tabouret, le pantalon est mouillé, qui traîne par terre. On n'aura pas assez de place pour tous les pots, c'était à prévoir, il aurait fallu les organiser de façon plus rationnelle. Mais la musique.

Il en reste trente-sept, ça ne sert à rien de les mettre sur le tas, ils seront hors d'eau. Et puis il faudrait les enlever pour sortir les propres, en dessous.

On décide de les laisser là, de toute façon, avec le stabilisateur en plein milieu, le baquet et tous ses yaourts maintenant, il n'est plus question de rentrer la voiture.

10

Au centre culturel, ils ont racheté des verres pour les anniversaires, les soirées, les vernissages. Ils ont les moyens, tout ça, c'est avec nos cotisations, le directeur, il ne s'en fait pas, je te le dis. Les autres, de verres, ils étaient encore très bien, je trouve.

Quelques-uns étaient ébréchés, il fallait juste faire attention où on pose ses lèvres, on n'est pas des sauvages.

Le directeur – un jeune, tout en verticales, sec, avec des lunettes à la John Lennon et des grands pulls qu'on dirait des toiles de tente mal montées avec ses os comme piquets–, le directeur est passé dans le cours de poterie pour prévenir que les vieux verres, si quelqu'un en voulait, ils étaient à côté de l'accueil, lui il devait filer, on fermera, bonne soirée.

On est retournée à notre statue, on fait une étude d'après un bronze existant. On travaillera avec un modèle au deuxième trimestre si tout va bien. Paul, mon voisin de poterie, a demandé si ça serait une fille, le prof l'a regardé en secouant la tête, il n'en rate pas une, Paul, les statues, ça le change drôlement des vases.

On a encore du mal avec les épaules, quoi qu'on fasse, elles sont toujours plus épaisses et plus courtes que celles de l'originale. C'est une jolie femme, un peu plantureuse, assise, les jambes repliées sur le côté, une main sur l'épaule. L'alliage patiné lui donne un air mélancolique, elle émerge d'un bloc de pierre, brute.

Propriété du prof, *c'est une Malsert, faites attention.*

Le prof qui ricane quand il nous passe derrière.

On pédale moins, c'est sûr, mais il y a du boulot, on n'est pas rendue.

On sort faire pipi, pour voir les casiers en plastique, trois, jaunes, avec les Duralex dedans.

Personne dans le couloir, on prend le casier du dessus, il pèse une tonne. On avance vers la porte, l'accueil est vide, comme on s'y attendait, il ne reste plus qu'à faire quelques pas sur le gravier pour arriver à la voiture. Le mettre par terre entre le pare-chocs et le muret.

On est tout essoufflée quand on revient, on s'est fait peur, qu'est-ce qui se serait passé si on nous avait vue ?

Pas facile de se concentrer sur les épaules qu'il faut reprendre. Les rendre plus graciles. Pour un peu on préférerait les vases. Un vase raté, ça fait un genre, une statue ratée, ça reste une statue ratée.

Paul se débrouille bien, mais il sent bizarre, à mesure que s'avance l'après-midi. Il fait toujours chaud dans cette salle et il se tient toujours trop près, il y a de la place quand même sur cette table. Il dégage, à bien y réfléchir, une odeur d'ail. À pleines gousses.

C'est écœurant bien sûr, mais on ne va quand même pas lui dire, *Paul tu sens l'ail*, à quoi ça rime ?

On s'applique sur les épaules et on respire par la bouche.

Pourvu que personne ne trouve les verres derrière la voiture.

À la fin du cours, on reste un peu pour discuter, on compare les ébauches de nos œuvres les unes avec les autres. Paul, ça ne s'arrange toujours pas cette histoire d'ail, leur donne des surnoms. On a hérité de *La Catcheuse*.

On rit avec les autres, même si on ne voit pas trop ce qu'il veut dire.

Les élèves s'en vont, un par un, personne n'est vraiment pressé, les cours l'après-midi c'est surtout des femmes au foyer ou des retraités.

On est seule avec le prof maintenant, on a entendu des bruits dans le couloir, verres qu'on entrechoque, certains élèves en ont pris, c'est sûr.

Dix, peut-être quinze, ça fait des petits coups de poing dans le ventre. Dix, quinze aussi.

Enfin, on sort, on prend le casier, vite, dix-sept verres en moins, une rangée et presque une autre. Déjà on est dehors, sur le parking, on le pose à côté de la voiture, sur le premier. Quand on revient au centre, on croise l'animateur qui ferme la porte, comme convenu, un sourcil en circonflexe quand il nous voit.

Finalement, on va en prendre, des verres, *pour l'anniversaire du fils, pour faire des orangeades*. Il nous attend près de la porte, on prend le dernier casier, plein, on le ramènera vide la semaine prochaine. *Bonsoir, bonsoir.*

Bien prendre le temps pour charger le casier, le mettre dans le coffre, le refermer, se diriger vers la portière, chercher les clefs, elles sont sûrement restées sur le coffre, non, on étale le contenu de son sac à main sur le toit, où est-elle cette clef, incroyable, on l'avait à l'instant, cette manie qu'ont les objets de disparaître quand on les cherche. À moins qu'on ne les cherche que quand ils disparaissent.

Là, bien sûr, dans la poche, mais on le savait. L'animateur démarre, il nous observe, on dirait. On lui montre, grands signes, la clef, on l'avait égarée, tombée, entre le coffre et la portière, incroyable. *Bonsoir, bonsoir.*

Ses feux arrière, il est déjà sur la route, accélère, clignotant.

On attend un peu, des jeunes en vélocross traînent devant le collège tout proche. Ils vont bien se casser une jambe ou un bras.

Les trois casiers ne tiennent pas dans le coffre, il faut vider le dernier, les verres un par un sur le siège arrière, le casier en équilibre sur la tranche.

On est rentrée à dix à l'heure.

Le fils est devant *Starsky et Hutch*, pourtant il sait qu'on n'aime pas, ces filles qui sont assises sur les genoux de messieurs qui ne sont pas leurs maris. Des policiers en plus, bravo l'exemple.

On verra pour les verres plus tard. Demain il fera jour.

11

Sophia, elle se rase les poils sous les bras. La mère, non, ça fait des fanons de baleine presque.

Sophia, ça repousse un peu, ça gratte, ça pique. Si je frotte le menton, peut-être on reste accrochés ou ça fait des étincelles, des débuts d'incendie.

Isabelle, je la vois moins, elle sait pour Sophia, je le lui ai dit. C'est mieux comme ça, c'est comme une sœur Isabelle, les montagnes en plus, une sœur voilà et puis les montagnes, ça a un côté un peu trop, je ne suis pas sûr d'aimer.

Sophia, elle voulait depuis la sixième. À l'époque, on était trop petits. Maintenant, c'est mieux.

Ça vient de sagesse et un peu de Bulgarie aussi, Sophia.

La première fois, j'avais mon caleçon blanc avec des dessins animés dessus. Et mes chaussettes que j'avais gardées.

Ça a été curieux, comme des sables mouvants ou de la pâte à modeler chaude et mouillée. Ça a été rapide aussi.

Je suis parti très vite. Elle a saigné un peu, j'avais du rouge. J'ai tout remis dans mon caleçon, mon sexe déjà tout petit et le sang dessus, je l'ai regardée, Sophia. Les cuisses serrées, les bras au-dessus de la tête, son t-shirt remonté sur ses globes blancs, nue à partir de la taille, son tapis de poils et ses chairs roses, dessous.

Elle m'a attiré vers elle, des câlins, je déteste, je sens sa sueur, la tête posée sur son épaule, normalement c'est la place des filles, mais j'ai envie de pleurer. Elle doit le sentir parce qu'elle m'embrasse les cheveux, baisers colibris.

Est-ce qu'elle est venue à la cérémonie ?

Oui, je la vois, au fond de l'église, noire Cure, pour une fois que ça n'était pas décalé.

Et maintenant, nus sur son lit, la fille de Taxi Girl et ses tulipes qui nous regardent. J'ai été nul, je sais, ça s'appelle l'éjaculation précoce, peut-être c'est normal au début. Il faudrait réessayer, là, tout de suite, mais je me sens flou un peu. Marc il dit qu'il faut mettre des capotes, ça aide.

Un mois et demi que nous nous sommes embrassés la première fois. Elle a couché avec moi, ou plutôt j'ai couché avec elle. Pourquoi on est tristes ? Pourquoi je la trouve moins belle ? Pourquoi elle me gratte toujours les cheveux ?

Il est seize heures et c'est mercredi, il faut que je parte avant que sa mère ne rentre. Je suis comme du plomb, le matelas m'avale.

C'est elle qui se lève, brusque, j'ai juste le temps de voir ses petites fesses sortir de la chambre. Elle est aux toilettes, je ferme les yeux, j'ai peur de l'entendre, ça doit être terrible. Flûté comme une petite pluie ou dru comme un cheval sur du ciment ? Mais rien.

Mes mains sur les oreilles, sûrement.

Quand elle revient, je lui dis que j'habite dans la caravane, c'est comme mon appartement, j'ai tout rangé, c'est chez moi. Même il y a un petit chauffage. Il faudra qu'elle vienne dormir, qu'on passe la nuit ensemble, entière, on pourra attacher deux duvets ensemble pour se réchauffer.

Je vais être en retard au théâtre en plus de croiser Mme Chamallow. J'ai la glu, surtout que je n'ai rien fait, rien écrit de mon rôle, je sais juste que je suis un photographe, mais je n'ai pas la première ligne, pas un bout d'idée, rien.

Je vais me faire engueuler, le théâtre, ça commence à ressembler au collège. Heureusement qu'il y a Sophia. Et Noël bientôt.

Elle n'a pas encore repris mon sexe dans sa bouche, je m'inquiète.

12

– Elles vont rester dans la place toute la vie ces machines à écrire ?

– Je n'ai pas eu le temps de m'en occuper, mais c'est à l'ordre du jour. Et toi, tu vas rester affalé sur le canapé toute la vie ?

– Je n'ai pas encore eu le temps de m'en occuper, mais c'est à l'ordre du jour.

– Tu ne parles pas à ta mère sur ce ton, mets la table plutôt.

– J'y vais. On mange quoi ? Encore une pizza en plastique ?

13

Ce matin, on a retrouvé le chat dans la véranda, la faute au fils qui n'a pas dû vérifier en allant se coucher. Quelle lubie encore, dormir dans la caravane, on aura tout vu. La pauvre bête a sans doute miaulé une bonne partie de la nuit, on n'a jamais vu un chat aussi têtu. Avec les volets entre la cuisine et la véranda, la chambre qui est tout à l'autre bout de la maison et puis les cachets qu'on a pris pour ne pas trop gamberger dans le noir, on n'a strictement rien entendu. Pauvre bête.

Les affaires de la caravane, elles sont encore en plein sur la table de la véranda. Et un peu à côté. Il y a un tri à faire, qu'est-ce qu'on garde, qu'est-ce qu'on jette ? Les affaires de l'Homme, il faudrait les donner, le fils est bien plus fluet. Ou attendre qu'il prenne de l'estomac, tout le monde dans la famille finit par prendre de l'estomac, l'Homme, son père, le père de son père, d'aussi loin qu'on se souvienne. De notre côté, c'est pareil, on n'a jamais vu de demi-portion.

Les shorts, en vrac. Ça fait un petit quelque chose, celui-là, le blanc avec une bande grise un peu brillante sur le côté, il fallait presque le lui arracher pour le mettre au sale. C'était son préféré, on l'enfonce tout en dessous de la pile. Et les polos, détendus pour la plupart, un gros pull aussi, l'été les nuits sont fraîches, ça dépend des coins bien entendu.

Ses livres, ses *San Antonio*, mon Dieu, on a bien essayé d'en lire une année, mais on n'a rien compris. Et cette vulgarité.

L'Homme, lui, partait souvent d'un long éclat de rire, larmes aux yeux, tout seul sur son transat à l'ombre d'un arbre ou de l'auvent. On se souvient même d'une fois où il avait dû se lever tellement il n'en pouvait plus, à s'asphyxier. On n'a jamais su pourquoi, on n'a pas demandé non plus, il y a des choses qui ne se partagent pas.

Le fils a presque tout sorti de la caravane, il a gardé les duvets et les jeux de société. Le reste, tout le reste est étalé là. Des cartes IGN, l'huile et le vinaigre, des chaises pliantes, un transat, le vélo, des cirés, deux paires de bottes, des petites et des grandes, les nôtres et celles de l'Homme, un matelas pneumatique sans son gonfleur, mystère, de l'après-soleil, une boîte de Doliprane, une trousse à outils de voyage en skaï bleu, on ne l'avait jamais vue avant, un tuba, des grandes palmes aussi, dont une cassée, posées contre le mur.

L'ensemble comme une photo de vacances, valise éclatée.

On range les habits dans l'armoire de l'Homme, le short en premier. Il faut forcer un peu pour fermer la porte, on coince une cravate, tant pis.

La véranda est à peu près rangée maintenant, on a fait des piles avec les autres affaires, le vélo tout au bout, avec les palmes et les bottes, ça fait un coin loisirs. On ne peut plus passer d'un côté de la table, on fera le tour pour arroser les plantes.

On a sorti une escalope de veau du congélateur, sur le sac transparent, la date, on reconnaît l'écriture penchée, c'est la nôtre. Des stylos qui écrivent sur du plastique, qu'ils mettent en cadeau dans les paquets de sacs de congélation, c'est malin.

La date, c'est avant la mort de l'Homme. Cette viande rose, froide, on pense à la sienne.

On sait qu'il ne faut pas manger de la viande qui a passé plus d'un an à – 18 °C.

Mais remonter le temps, manger quelque chose qu'on a peut-être acheté ensemble, qu'il a peut-être glissé dans le chariot, pour faire des grillades aux beaux jours de septembre.

Cette viande qui cuit comme une autre, avec les mêmes bruits de beurre qui brûle, la même odeur. À chaque bouchée, on se sent plus proche de Lui. La pensée du corps sous la terre revient, plus d'un an après à quoi ça peut ressembler, et les habits, on traverse la cuisine, les yeux mangés par des bêtes, la couleur verte et le brun par endroits. On a à peine le temps d'ouvrir la porte des toilettes que déjà, on vomit partout. À grands jets.

On est bête, un an après, il ne doit plus rester grand-chose. On se figure un squelette, lilial, bien propre, comme en céramique, brillant et quasi nacré par endroits.

On retourne à la cuisine et on finit l'assiette en fermant les yeux.

Le fils a bouclé la porte de sa chambre. On sait qu'il y a laissé la plupart de ses habits. Il revient prendre une douche à la maison tous les matins, qu'il pleuve, qu'il vente ou qu'il neige. Cette année pas encore.

Et s'il y a le feu, comment on fait pour ouvrir la porte de ta chambre ? on lui a demandé. *S'il y a le feu, tu laisses brûler et tu sors.* Il est très désagréable ces temps-ci.

Pauvre bête, elle n'a même plus de croquettes dans sa gamelle. C'est incroyable quand même ce qu'elle s'empiffre.

14

Roberto a trente-deux ans, il est photographe professionnel. Il sort avec Miranda, vingt-cinq ans, ex-mannequin, un peu sotte. Ils sont tous les deux en Amérique du Sud, dans ce village vacances pour faire des photos pour une marque de maillots de bain.

Roberto se demande ce qu'il fait là et puis il se souvient : il gagne sa vie.

Miranda ne pense pas du tout à ça, elle se dit que les moustiques, c'était pas dans le contrat.

Roberto, un brave type qui voudrait sauver le monde, à commencer par lui.

Et comme il commence par lui, il ne sauve personne.

Ils sont dans leur bungalow près de la plage quand ils sont arrêtés, comme les autres, par des rebelles. Trouver un nom crédible, un front de libération quelconque.

On enchaîne sur le tableau où tous les otages, les yeux bandés, sont assis en cercle dans une pièce.

Peut-être il faudrait des petites scènes, avant celle-là, d'exposition comme on dit en cours de français, montrer chaque personnage ou chaque groupe de personnages en situation pour bien comprendre qui ils sont, avant l'enlèvement.

En durée, ça peut faire deux minutes, maximum, par saynète.

Roberto et Miranda, lui, son appareil photo à l'œil, marche en reculant et manque trébucher à chaque pas. « Magnifique ma chérie, relève tes cheveux, voilà, ta jambe droite en avant, non l'autre, la droite j'ai dit. »

Et Miranda qui fait le mannequin, poses exagérées par-ci, sourires figés par-là, enfin vous voyez le truc. Et entre chaque prise de vue, elle retrouve le crispé de son visage et raconte n'importe quoi. « C'est incroyable comme les moustiques, c'est petit par rapport au bruit que ça fait. T'imagines si les avions c'était la même chose, l'angoisse. »

Ou : « Tu as vu, les arbres, ils sont construits tout en hauteur par ici, c'est pas pratique pour bronzer, ils devraient installer des clairières. »

Et comme ça, on multiplie les scènes en rapport avec les caractères des personnages. Là, les exemples, forcément c'est de la caricature, mais on peut affiner. Les autres, la famille, les deux vieux garçons qui voyagent ensemble, le misanthrope et son guide, les trois copines, autant de petites tranches de vie.

Peut-être c'est artificiel, trop cinéma, comme découpage.

Mais voilà ce que j'ai écrit cette semaine.

Tous les huit, nous sommes assis en rond, poursuite allumée, les autres lumières sont éteintes. *Ça use la lampe* dit Philippe, mais nous, on pense que ça fait plus théâtre comme ambiance.

Et puis c'est marrant de fumer dans le rai de lumière, de jouer avec les volutes, d'essayer les figures parfaites, méduses filandreuses.

Ça fait un brouillard à la fin de la répète. C'est quand on ouvre les lourds rideaux pour aérer qu'on s'en rend compte.

J'ai fini de parler, on dirait que Philippe aime bien. Les autres, ça a l'air bof.

Christine, elle n'aime pas du tout. Plus je parlais, plus je voyais qu'elle secouait la tête, que son visage se fermait.

C'est normal qu'elle n'aime pas : Miranda c'est elle.

Je vois pas où est le problème, on dirait que c'est fait spécialement pour toi. Je ne finis même pas la phrase que je reçois sa bouteille d'eau à moitié pleine en pleine tronche. Les autres sont morts de rire.

Farid en rajoute une couche, que c'est pas un rôle de composition. Miranda n'a plus de bouteille sous la main.

Farid, il a raison, Christine, c'est le prototype de la jolie fille un peu idiote. J'aime bien jouer avec elle, elle est gentille à force d'être bête. Ce qui serait malhonnête, c'est d'en profiter ou de se moquer trop. Comme elle est plus grande que moi, du coup, je la ferme.

On passe au vote, c'est très démocratique le théâtre.

L'unanimité moins une voix. Tu m'étonnes.

Christine part en claquant la porte. On la retrouve dans le couloir, elle chiale sur une chaise, comme d'habitude, les genoux sous le menton.

Ce qui fait qu'on voit très bien sa culotte. Blanche, en coton, comme un horizon mystérieux sous sa jupe en jean.

Ça fait deux points normalement une petite culotte. C'est notre jeu avec Marc et Abdel. Mais là, je suis tout seul, ça ne vaut que dalle.

C'est con.

Farid passe une bonne partie de la soirée à convaincre Miranda que non, elle n'est pas stupide, c'est le personnage qui.

Moi je ne dis rien, j'ai pris une bouteille d'Evian, j'ai ma fierté.

En rentrant le soir, je passe devant là où habite Abdel, une barre moyenne, mais quand même avec une mauvaise réputation, la deuxième pire de Nantes et des environs.

Je lui raconte pour la culotte de Christine, il dit tout de suite *ça compte pas*, mais je vois bien qu'il est vert, Christine, il voit très bien qui c'est.

Je ne sais pas s'il viendrait chaque année au théâtre si elle ne jouait pas. *Elle est bonne*.

On se tape dans les mains, comme des lascars, ça dure des secondes, à chaque fois qu'on se dit bonjour ou au revoir.

Et si on rate une seule étape, il faut tout recommencer. C'est un code. Le nôtre il a six mouvements. Il finit main sur le cœur avec un petit sifflement.

15

Noël, je n'en parle pas, un tête-à-tête avec la mère, des bougies et à la place du père une assiette quand même.

Pas de cadeaux, la fin de soirée en boîte avec Marc, le mal de tête au matin, le jour des enfants a la gueule de bois.

Janvier, février dans la caravane, comme une hibernation, Sophia est ma marmotte. Sous les couvertures, il se passe des bosses.

Tout est ralenti, le collège, un rêve, j'enchaîne les retards.

Et puis mars, vers le quinze, j'attrape Abdel, qui sort d'un cours d'EPS.

– Samedi après-midi, tu viens avec Marc, il faut que je tonde la pelouse et que je coupe les haies. C'est ma mère qui veut, sinon exit la caravane. Il y a un max de taf. C'est un vrai merdier, le printemps.

– Pas de problème. Avec Abdel, il n'y a jamais de problèmes, c'est après que les ennuis commencent.

Marc sera là je lui dis. Je dirai la même chose à Marc, à l'envers.

16

Maintenant, on voit bien les voisins. On ne pourra plus dire *la ville, c'est anonyme, personne ne se dit bonjour.*

La pelouse, ça va à peu près, à part autour du mimosa où c'est bombé un peu, il n'y reste que de la terre et des grandes traces de lame. Bonjour la tondeuse.

Le plus inquiétant, c'est la haie, ce qu'il en reste. Éborgnée, élaguée.

Elle a perdu un tiers de sa hauteur et la moitié de sa largeur. Par endroits, c'est carrément un trou, ce qu'il reste.

On n'aura pas besoin d'y revenir cette année, dans un sens. L'an passé, les collègues de l'Homme avaient fait une descente surprise un week-end. Ç'avait été rapide, à cinq dans le jardin.

La tondeuse, son bruit, sourd derrière les vitres, lent, un bruit qui parle d'été, de soleil déjà.

On avait dû fermer la véranda pour être un peu tranquille, se réfugier dans la cuisine pendant que le fils et ses amis – ils étaient venus saluer, gentils et bien polis – maintenant se couraient après dans le jardin, organisaient d'après ce qu'on comprenait, des courses de tonte, avec chronomètre.

Mettez donc des grosses chaussures, de sécurité, il suffit que la lame bute sur un caillou.

C'est quand le silence est devenu long qu'on a regardé à nouveau à la fenêtre. Le fils avec le sécateur, Marc, une grande faucille à la main et Abdel qui tirait une rallonge pour brancher le taille-haie.

Déjà les deux autres avaient commencé leur bataille, petits cris guerriers, contre la haie, l'ennemi ultime.

La faucille comme une machette, combat d'épée, fer contre bois, le sécateur, un gros, solide, qu'on tenait de papi, s'occupait des grosses branches. Menaces théâtrales, exécution sommaire.

Et l'appareil électrique entrait à son tour dans la danse, au bout de son fil, qui portait dans son grincement l'effrayante promesse des destructions à venir.

Sombre gigue.

17

Tous les trois dans la caravane, on est obligés d'ouvrir les fenêtres à cause de la fumée de cigarette qui fait qu'on ne se voit pas à deux mètres. On a bossé dur, le jardin, on est tranquilles pour un moment. Au début Abdel, il n'était pas très chaud. Et puis avec les bières et son imagination, il a fini en X-Or, tant pis pour la haie.

Il ne fait pas encore très chaud, à cause de la saison, pas assez avancée pour.

D'ailleurs, Marc, à son avis, c'est pas trop la période de ratiboiser comme on l'a fait. Il dit *la nature, il y a des cycles, on ne peut pas faire n'importe quoi, n'importe quand.*

Il disait ça au début, et puis il est entré comme tout le monde dans la famille X-Or. Il a fait un cousin.

À fond sur la pelouse. Ils ont bien rigolé, moi aussi. *On est peinards jusqu'à l'été, si jamais le jardin s'en remet.* Marc il rajoutait *il faut faire attention, laisser un peu de marge, élaguer mais doucement, pour que ça repousse.* Avec Abdel, on a décidé qu'on l'appellerait Nicolas, comme le jardinier.

Il a haussé les épaules.

– *C'est vrai quoi, vous êtes chiants, jamais vous ne pouvez être sérieux cinq minutes ?*

– *Non, on ne peut pas, ou peut-être que si, on peut, mais on le saura jamais, parce qu'on a pas envie d'essayer.*

– *Toi Abdel, si ?*

– *Non, moi non plus, c'était pas vraiment le plan, camarade,* il fait comme Coluche avec les mains sur les hanches, cambré, le ventre en avant, les deux panards écartés.

Les bières, le pack est vide. Nicolas aux pouces verts, vexé, monte sur son 103, envoie des graviers et file à la station pour en acheter. Je donne un billet de 50, c'est moi qui paie, ils n'étaient pas obligés de venir m'aider, se pourrir tout un samedi. C'est de la thune que j'ai taxée à la mère, *pour les faux frais* je lui ai dit. Comme dans un film avec de la mafia dedans.

Elle est un peu bloquée, la mère, depuis quelque temps, elle fait des mouvements, tout petits, et puis elle veut me parler, je le sens bien. Mais pour dire quoi ?

En attendant Marc, on joue à la capsule, on se place chacun dans un coin de la caravane, on se voit mieux depuis le courant d'air, par terre, en tailleur, une bière vide entre les jambes, une capsule retournée sur le goulot. Et avec une autre capsule, on doit dégommer celle d'en face.

Quand le bruit de Marc revient, et lui juste après, je suis déjà à deux bières de gage.

Je n'aime pas être saoul, mais c'est assez difficile à éviter. Je ne vais pas dire aux autres, *non merci, je préfère l'Antésite, parfum anis,* je ne suis même pas sûr qu'ils sachent ce que c'est, on dirait une boisson inventée juste pour moi. Chez les autres il y a des sirops, tous les parfums, orange, citron, menthe et même fraise. Il n'y a que la mère de Sophia pour en avoir aussi chez elle, ça nous avait fait rire, élevés tous les deux à la réglisse.

Trois, quatre gouttes d'Antésite, pas trop forte, j'en boirais bien un verre au lieu de la bière pas fraîche que je dois descendre. J'espère que ça va exister longtemps, l'Antésite, qu'ils ont d'autres clients que Sophia et moi, surtout que chez nous, comme la mère n'en boit pas, la bouteille met des mois à se vider, toute poisseuse dans son placard, celui au-dessus du four.

On parle beaucoup de filles, Marc, il sort avec Céline, une fille de première. Ils ne se connaissaient pas, elle lui a fait passer un mot, en grosse écriture violette, qui disait *comment tu vas enlever ton caleçon la première fois qu'on va faire l'amour ?*

Tu crois que ça nous arriverait à nous ? Abdel, lui il est arabe, ça limite, toutes les petites bourges du centre, même pas en rêve, elles sortiraient avec lui et ses Converse rouges à la Smaïn, ça le met hors de lui. Mais moi ?

– Je suis arabe de l'intérieur ou quoi ? Oui, Sophia, mais c'est pas pareil, c'est comme une cousine.

Il fait le loup, Abdel, maintenant, il hurle la tête en l'air, un long cri doux qu'il module en montant. Je lui lance des capsules à la tête, mais ça ne sert à rien, il faut qu'il aille jusqu'au bout de la transformation, d'abord les poils qui arrivent sur les mains, les doigts qui se déforment, les craquements et les oreilles qui partent en pointe, le plus douloureux vu comment il hurle et la tête qu'il secoue de plus en plus vite, Michael Jackson dans *Thriller*, les boules ce truc, j'étais petit, j'en avais fait des cauchemars, le rire à la fin.

On ne saura jamais si la transformation était possible, ça m'étonnerait, il n'y avait même pas de lune, si loup-garou c'est une piste valable pour après le bac, à cause de quelqu'un qui s'est mis à taper comme un sourd à la porte de la caravane. Le loup a fermé sa grande gueule, moi j'ai éteint le poste, c'était Supertramp, je déteste mais c'est Marc qui avait ramené la cassette.

J'ai ouvert dans un nouveau silence et, à la place d'un voisin énervé par le début de meute, il y avait la mère, en chemise de nuit, les cheveux en pétard et l'œil mauvais.

Ça m'a décontracté, on n'allait pas être obligés de se battre ou de se faire rancir, enfin, peut-être que si, mais on attendrait que ça finisse et puis Abdel reprendrait son loup, mais en plus petit.

La décontraction a laissé vite la place à un vertige tout blanc, la mère nous a regardés, les trois, *qu'est-ce que vous faites là ? Vous êtes qui ? J'ai entendu du bruit, je pensais que c'était l'enfant Jean, pardon pour le dérangement et attention aux rideaux, avec les cigarettes, c'est du polyester, ça ne demande qu'à partir en fumée.*

Évidemment, Abdel n'a pas refait le loup après son départ ; silence, massif, à la place. J'étais moins saoul, comme si j'avais nagé dans de l'eau un peu trop froide. Marc a oublié sa cassette, Abdel a ramassé les bières vides et m'a tapé sur le dos. J'ai entendu les 103 s'éloigner et disparaître de mon oreille. Il n'était pas tard, à peine dix heures.

J'ai fumé des cigarettes, dehors, assis sur la petite marche en fer-blanc qui se déplie juste sous l'entrée.

Les lumières de la maison étaient éteintes, toutes. Nous n'avions pas mangé, mais je n'avais pas faim.

Plus tard Sophia m'a rejoint, elle m'avait attendu, chez Sarah, *je devais passer, je sais, mais les travaux, on a fini tard, ils viennent de partir.*

On a accroché les duvets, comme on fait d'habitude le samedi, sa mère veut bien qu'elle dorme ici et puis on a laissé la fenêtre ouverte avant d'éteindre. Je sentais ma sueur, sous mon bras, juste là où elle avait posé sa tête, j'ai commencé à pleurer doucement, dans le silence, dans le noir.

Sophia a ouvert la petite lampe et s'est penchée sur moi, en équilibre sur un coude. Ça se voyait que j'avais pleuré, de toute façon, je n'ai pas réussi à arrêter longtemps.

Je lui ai raconté la mère, l'enfant Jean, ce que je savais, *je crois qu'elle est folle*. Elle a séché mes larmes avec son t-shirt tortillé autour de l'index et m'a pris dans ses bras, m'a bercé comme un bébé jusqu'à ce que je me calme.

Dormir, je ne pouvais pas, je revoyais la scène, les coups, le loup et ces mots. Une blague, j'ai cru au début, très pince-sans-rire. Mais il y a des sujets qui ne trompent pas.

Sophia a défait ma braguette et elle a mis mon sexe dans sa bouche. Au début, il ne voulait rien savoir. Et puis il a grandi en elle, dans son chaud, derrière ses dents.

18

On l'a bien vue partir. Toutes les semaines, c'est la même chose, elle ouvre la porte de la caravane, son petit sac marron à la main, et elle enfile ses chaussures, dans l'entrée. Pensez-vous qu'elle passerait dire bonjour ? Ça a tout juste quinze ans, ça dort avec un garçon, de mon temps, on n'aurait jamais vu un truc pareil. On a profité que le fils dorme pour aller chercher des croissants à la boulangerie, pas des croissants au beurre, c'est écœurant toute cette matière grasse qui suinte, qui fait des auréoles à la surface du café.

On a voulu lui passer la main dans la tignasse, ça ne s'arrange pas, mais on ne dit plus rien, ça doit être la mode, les cheveux sales et longs, qu'est-ce qu'on y connaît ? Il s'est reculé comme si on avait une maladie de la peau, des croûtes contagieuses au moins, il nous a regardée fixement, comme s'il avait du mal à nous reconnaître.

Il ne faut pas lui parler le matin, on se souvient que l'Homme le taquinait en le bombardant de questions, lui qui dormait tôt et peu, était debout à cinq heures et attendait son journal d'un pied ferme. Et le fils qui venait prendre son petit déjeuner, avec son Walkman, dans sa bulle de musique. Et l'Homme qui appuyait sur la touche pause du lecteur et qui continuait ses questions pour le taquiner. On lui sert son café, sans insister, il a dû mal dormir, on ne comprend pas bien pourquoi il continue à nous regarder comme ça.

Tu as bien dormi ? Sophia est partie tôt ce matin, c'est aujourd'hui qu'elle déjeunait chez sa grand-mère ?

Il n'a pas fini son bol, il s'est levé et il est parti.

L'âge bête.

19

Philippe, le prof de théâtre, il dit parfois des choses, et nous on se regarde.

Il faut dépasser la caricature, sans s'en départir tout à fait, rester dedans pour mieux la piéger et la dépasser. La vie est une farce tragique qui finit plutôt mal, les gens s'agglutinent autour des points de lumière, gigotent, se croisent comme des insectes, parlent comme des insectes (ça parle un insecte ?), *baisent comme des insectes.*

Moi, je crois qu'il boit un peu.

Il se met debout et crie très fort, *le théâtre, c'est moi,* même la femme de ménage a l'air d'avoir peur. À part ses crises, c'est un bon zigue, on rigole bien et puis même s'il est un peu petit avec du ventre devant lui, il a un truc incroyable qui se déclenche quand il joue. Il devient beau. Même Christine qui n'a qu'à claquer des doigts pour trouver des amoureux, je la regarde qui n'en finit pas de ne pas fermer la bouche. Ça lui donne d'ailleurs l'air encore moins malin, mais elle reste quand même assez belle, ce qui est injuste : n'importe quelle fille moyenne qui ferait ça avec la bouche et son dos qui se voûte, ça le ferait pas.

Elle, impossible de la déguiser en petit boudin, elle résiste de toutes ses forces.

Elle prend bien la lumière, il dit Philippe.

Les répétitions se passent bien, on doit partir jouer toute une grande semaine dans un festival de jeunes. Mais près de Nancy, dans l'Est, à l'autre bout, pile.

C'est prévu pour la fin de l'année scolaire, sans doute à cause du climat continental, je ne sais pas.

Je dois faire attention, ne pas parler trop vite ni manger le début des mots, Philippe il dit que ça ne nourrit pas son comédien.

Je me concentre sur les mots et forcément je ne fais plus attention à la mise en scène, je me retrouve dos aux spectateurs et il faut refaire, les autres, même Christine, lèvent les yeux vers le plafond.

Et on recommence. J'ai demandé à Philippe pour que Sophia assiste à une répétition, il a dit que c'était pas vraiment une bonne idée mais que c'était oui quand même, il boit c'est sûr, je ne vois pas trop la logique de sa réponse, mais comme ça m'arrange, je ne vais pas trop la ramener.

On a commencé les filages : on joue la pièce comme si on était devant un public, sans s'arrêter, même quand il y a un fou rire, moi qui tourne le dos, ça arrive souvent quand je suis concentré sur les mots à dire ou encore un trou dans le texte. On ne s'arrêterait que si le feu prenait aux gros rideaux noirs ou bien, j'imagine, en cas de tremblement de terre. La scène de la fin, je ne sais pas si c'est à cause de son emplacement dans la pièce et qu'on est tous fatigués de jouer ou bien si c'est parce qu'on est tous ensemble sur scène, dans un même lieu, les yeux bandés, mais c'est le bordel, ça ne ressemble à rien.

C'est mou, il dit Philippe, quand on a fini. Soit on se coupe la parole, soit il y a des blancs qui n'en finissent pas. *Il faut remettre du rythme,* il a une idée, il pense à deux amis qui jouent de la darbouka. Comme il voit bien qu'on ne comprend pas ce qu'il dit, même s'il est content de lui, genre je viens de dire un truc malin, il précise que c'est comme un djembé mais en plus nuancé dans le toucher.

Tu parles si ça nous avance.

On comprend petit à petit ce qu'il veut qu'on fasse : on va apprendre les intervalles de silence entre les répliques en s'accompagnant de percussions. En fait, c'est comme si on chantait, mais en parlant. *Tac tac tac réplique tac tac réplique.* Que ça tombe juste.

Que ça casse sur la chaussure. Il est debout à nouveau.

On refait la dernière scène à cause de l'émotion, absente. L'aveugle, surtout. (On a décidé de transformer le rôle du misanthrope en aveugle, ça fait moins Molière et comme, à la fin, tout le monde a les yeux bandés, ça crée un symbole.)

Hervé, celui qui est passé de misanthrope à aveugle, il est plutôt content de sa promotion, mais il a du mal à faire ému. Il fait plutôt rien.

Faire ému, en fait c'est plus compliqué que ça.

Hervé, notre aveugle national, il doit faire semblant d'être ému, pas être ému vraiment, pour que nous, on le soit vraiment.

On sort tous de scène et on le regarde jouer, comme de simples spectateurs, mais rien, pas un frisson, le pauvre, il est complètement à côté de la plaque, tellement même qu'à la fin, on rigole dans un silence qui commence à faire du bruit. Peut-être, c'est parce qu'on n'est pas des simples spectateurs que ça marche pas, on connaît le texte à l'avance, on n'a pas payé nos places, manquerait plus que ça, payer pour voir Hervé faire l'imbécile.

Aujourd'hui c'est sa fête, tant mieux, Philippe ne verra pas toutes les fois où je tourne le dos.

Mais quand je m'y attends le moins, Philippe abandonne la torture d'Hervé, j'ai failli me pisser dessus de rire, pauvre aveugle, on est tous sur scène à nouveau, ça me tombe dessus, noir, en gros paquets.

Comme quoi je suis mécanique, qu'on n'y croit pas, Christine hoche, je rêve, que je dois puiser dans mon vécu quelque chose de fort, de triste pour l'utiliser, j'ai compris ?

J'ai peur surtout.

Quand c'est à mon tour de faire mon monologue où je dois dire pourquoi je ne peux pas mourir – les terroristes ont demandé que le groupe, de façon consensuelle, désigne la première victime – je me concentre très fort.

J'attends, je me concentre encore.

Et j'enlève mon bandeau, je dis à Philippe qu'à mon avis, mais peut-être je me trompe, ce qu'il vient de me raconter sur les émotions, c'est exactement le contraire qu'il faudrait faire.

Il me regarde, moi et mon bandeau à la main, j'ai de la chance, *c'est l'heure, la femme de ménage est dans les starting-blocks, mais mercredi prochain, finies les excuses, tu y vas, tu te lances et t'arrêtes de finasser. À moins que tu ne veuilles passer pour une lavette devant ta chérie.* Tout ça en souriant, même pas énervé, c'est pire.

Quand j'avais le bandeau sur les yeux, avant le monologue, j'ai cherché des émotions à puiser. J'ai pensé au père, à avant la voiture, à comment c'était, les courses folles avec le chien, mon chien, celui qui avait deux noms, Pilou les jours pairs et Nouba les jours impairs, qui a fini par mourir d'usure. J'ai pensé à la mère aussi, à son chagrin d'être toute seule avec juste moi, à la caravane et elle qui tape dedans. Mais rien, je suis resté tout sec.

J'ai essayé de me fabriquer de la tristesse avec ce grand frère que je n'ai pas connu, l'enfant Jean. Mais à la place de la tristesse, c'est de la colère qui est venue.

20

On n'est pas folle, on voit bien que quelque chose cloche, l'ambiance est lourde derrière la feuille affichée à l'entrée *Merci de ramener les casiers à verre.* On avoue qu'on en a un, celui que le directeur a vu, à quoi bon mentir, on promet de le rapporter la semaine prochaine.

Il en manque deux. Même Paul nous regarde, mais on contrôle la respiration, par le ventre, on gonfle, ça fait descendre les battements du cœur. Paul, il nous regarde, ça c'est sûr, mais peut-être pas à cause du casier, on ne sait pas bien, ses yeux qui s'arrêtent longtemps, souvent, dans l'ouverture du chemisier. On respire encore avec le ventre, mais on doit avoir des plaques rouges, en plein sur le cou. Il faut qu'on sorte deux minutes, prendre l'air.

Pardon.

On ne se souvient plus de la dernière fois où l'Homme s'est couché sur nous, où il est entré en nous, en avait-on envie, était-ce une de ces fois où on le laissait faire son bazar, nous souffler dans le cou, et ses mains moites ?

Les femmes, dans les films, on ne les comprend pas, s'habiller comme elles s'habillent et embrasser les hommes, il faut voir. C'est elles qui mènent la danse. Et ça gémit, parfois il faut envoyer le fils se coucher, qu'il ne se fasse pas des idées fausses, ça pourrait le rendre malade s'il croyait ce qu'il voit dans le poste. Les hommes, ça prend leur plaisir, il ne faut pas les contrarier là-dessus. Mais les femmes, si rarement. Et toutes seules la plupart du temps.

On a du mal à se calmer, c'est dans le ventre, on croyait que c'était mort avec lui, mais non, c'est là encore.

On ne peut quand même pas le faire ici, derrière la haie, à côté de la salle de chant, on entend les petites voix et leur canon. On ne peut quand même pas mettre les doigts pour que ça parte, l'Homme nous regarderait. Dehors, on n'y pense pas.

Il faut vite rentrer et reprendre le cours, on a eu un étourdissement, mais ça va mieux.

Quand on revient dans la salle, Paul nous demande si *tout est OK*, on a l'air pâlotte. *Oui*, on lui dit et on se concentre sur le travail, mais quand même, en oblique, on regarde ses mains à lui qui travaillent la terre, ses larges mains et son odeur d'ail.

Et ça recommence à pincer, on voudrait être seule avec lui, qu'il n'ait pas de tête, ou au moins pas sa tête de Paul. Qu'il se serve de nous comme il triture cette glaise, qu'on soit malaxée comme elle, et le ventre et les seins. Que ses doigts et sa bouche. Pour éteindre le feu, et qu'il vienne, entre nos cuisses, faire disparaître le vide qui mange. Qu'il le remplisse.

On est partie avant la fin, ça ne va pas de se mettre dans des états pareils, la respiration ne sert plus à rien, il a fallu fuir, les autres doivent se dire.

Un peu de marche, ça fait du bien, le soleil doux, mais l'air qui joue dans les branches. Le printemps a commencé qui nous tracasse. À notre âge ? Quand on arrive à la maison les mains tremblent encore et l'ail est toujours là. Il faut vite poser le sac, se débarrasser de la veste qui nous a donné chaud sur la fin du trajet. On s'assoit dans la pénombre, c'est doux, ça repose. Dans la chambre d'amis, en plein sur le clic-clac, on pourrait rester des heures sans bouger, juste laisser le sombre nous apaiser. Comme une crème après un coup de soleil, l'obscurité qui répare.

Le casier, on ne le rendra pas, la semaine prochaine, on oubliera et puis ça finira par se tasser.

Des minutes se passent avec le chat qui nous rend visite et puis on entend la porte d'entrée, c'est le fils déjà.

On allume la lampe à la hâte, les yeux qui se plissent, et on farfouille, on jette des choses sur le lit, les dossiers de la taxe d'habitation, qu'on prend sur l'étagère. Si le fils passe une tête, il nous trouvera occupée.

Les impôts locaux, c'est fou ce que ça a grimpé quand même en dix ans. À cause de la médiathèque qu'ils ont construite et de la patinoire, sûrement. Sans parler du tramway.

Mais le fils n'est pas venu, il a juste pris quelque chose dans le frigo et puis on a entendu la porte de derrière. Il est parti dans sa caravane.

21

Le poste marche trop fort, il a l'air si loin pourtant. On n'entend plus les voitures dehors, le bruit fait une bulle, plus rien d'autre n'existe, pas même le jardin avec le chêne qui balance ses branches comme un gros singe paresseux : on a fermé les volets.

Et allumé les lumières du salon, toutes, tant pis pour la note d'électricité. Il y a plein de fois où on reste dans le noir, ça compense. On a sorti les grandes malles du grenier, il a fallu déplier l'échelle, la poussière, le son mat des pieds sur les marches, à la fois solides et tellement légères, un alliage sûrement.

Là-haut, sous le toit, il fait très chaud, c'est moite. D'ici, on n'entend presque plus le poste, un instant on se concentre pour essayer d'écouter ce qui s'y dit mais on abandonne vite. On suit le son des voitures, bien plus distinct.

On n'était plus montée là depuis quand ? Le petit lit blanc sous sa housse translucide, c'est l'Homme qui s'occupait du grenier, on se souvient de l'endroit où il accrochait la lampe, *la baladeuse* il disait. Elle perce le noir de son ampoule nue, mais en échange elle fabrique des ombres inquiétantes, complètement disproportionnées. N'importe quoi peut nous faire peur : une chaussure de ski, qui projette sa silhouette d'immeuble, un hochet, fleur noire majuscule et maudite, une formation de collines, des sacs d'habits.

L'immeuble qui s'écroule, la fleur qui s'envole, les collines qui s'engloutissent, on avance, la baladeuse à la main.

Les ombres se brisent, s'enchaînent et s'enchâssent. Un bruit de course, de petite course, rapide et fluette sur le bois, entre les travées.

Des souris. On n'a pas peur des souris, on continue d'avancer.

Le clou pour poser la lampe est toujours là, sous les ardoises, qui dépasse d'une poutre antipathique, trop droite, trop bien dessinée pour être vraiment solide. Mais l'Homme savait ce qu'il faisait.

Elles sont là, les valises, personne ne les a ouvertes depuis plus de vingt-cinq ans, bien calées, tout au fond, à côté des chutes de laine de verre, c'est l'Homme qui a fait l'isolation. Seul avec son frère, il nous semble. Tout ça est loin, le panier qu'il fallait emplir de bières et qu'hilare, il remontait à la main, comme un carrelet, fier de sa pêche. Et les sandwiches quand ils n'avaient pas le temps de descendre, petit ravitaillement, des gamins dans une cabane.

On s'est battue contre le monde solide, contre l'invisible, contre les arêtes des meubles, contre les sacs mous et les piles de livres, contre la poussette mal pliée, on a avancé centimètre par centimètre, en faisant des pauses, souvent. On a tiré derrière nous la première valise, celle avec du sale dessus. Il a fallu contourner le vélo d'appartement de mamie, celui de sa rééducation, après son col du fémur, on a dû vider un carton plein de volumes de l'encyclopédie Britannica, achetée à crédit pour les études, avant d'arriver au bord du trou, petit puits de lumière. On a fait basculer la lourde valise et puis, quand elle s'est écrasée en s'ouvrant, sur l'escalier pliant, explosion de petites particules blanches et grises, on a recommencé le même trajet têtu, pour la seconde.

On l'a descendue, marche par marche, toujours à deux doigts de glisser, on ne l'a pas lancée. Dessus, il y avait un papier, un morceau de scotch qui avait dû être transparent un jour. Et sur le papier, notre écriture *Fragile*.

Fragile. Dans la lumière du bas, la première malle, c'est bien plus gros qu'une valise sous les lampes, sa serrure forcée, déformée par la chute, n'en finit pas de vomir ce qu'elle a dans le ventre : des brassières, des pyjamas, un peignoir en éponge, des t-shirts avec des dessins de girafe et de tortue, de lion et de voiture, des couches aussi, en tissu, d'avant l'avènement du tout jetable, quelques peluches, à peine miteuses, des pantalons comme s'il en pleuvait, de toutes les couleurs, dans toutes les matières : éponge, coton et même un jean. Tout ça et bien plus encore dans la même toute petite taille, du un an, dix-huit mois, pas plus. Des cadeaux pour la plupart.

Il faut tout déplier, les couleurs, qu'elles éclatent, qu'elles montrent de quoi elles sont capables après toutes ces années dans le noir complet.

L'odeur de grenier, moisissures et poussières, lance ses bras invisibles dans tout le salon. De la cuisine sans lumière, le soleil du dehors jette un rai chargé de petits points blancs qui dansent.

Il faut étendre toutes ces petites merveilles. Sur la table de la cuisine comme sur les éléments bas. Dans le couloir, comme dans le salon. Dans la baignoire aussi, contre l'évier, une brassière. Et bien à plat dans les toilettes, une grenouillère orange. Les bottons accrochés aux barreaux des chaises en bois de la salle à manger, la table au milieu, colonisée par une famille de petites chemises à carreaux. Quand tout est en place, on peut commencer. C'est comme des dizaines d'enfants Jean qu'on fabrique, un pantalon, une chemise, des petits chaussons tricotés, ceux de la salle à manger. On change parfois les ensembles, un pantalon marron n'a rien à faire avec un t-shirt, bleu, ça jure. Les taches de couleur, bien assorties, font maintenant une classe éparpillée d'enfants Jean dégonflés, mais des enfants Jean quand même. Ceux de la cuisine se mettent à pleurer, on s'y attendait, concert de larmes aigu, agaçant, on n'a plus la patience. Sûrement la faim, comment on va faire, on n'a pas encore défait la seconde valise, celle qui contient les biberons. On ne pourra pas tous les allaiter, c'est sûr. Et puis il n'y a pas assez de bonnets pour tous les enfants Jean, certains, les plus petits, vont attraper froid, on sort des torchons à la hâte pour leur inventer des couvre-chefs.

Ça pigne, ça hurle dans tous les coins, on n'a pas d'autres solutions que d'aller et venir dans toutes les pièces. En chantant, d'abord doucement, puis de plus en plus fort pour se faire entendre, *une souris verte qui courait dans l'herbe, je l'attrape par la queue, je la montre à ces messieurs, ces messieurs me disent,* on n'en connaît plus d'autres, de chansons pour les enfants, quand on aura fini celle-ci, qu'est-ce qui va se passer ? Et les voisins, c'est sûr qu'ils vont entendre, malgré les volets qu'on a fermés. Tous ces enfants Jean qui pleurent, partout dans la maison, on va dire qu'on est une mère indigne.

22

La porte s'est ouverte sur une pionne, genre totale laine, jupe comprise, vilaine avec des traces d'acné. On se fout tellement d'elle qu'elle s'est transformée en peau de vache, ça fait deux ans qu'elle est là et pour notre plus grand plaisir, ses problèmes de peau n'ont pas l'air de s'arranger.

Elle est entrée et a tracé vers M. Haunaut, le prof de français, crâne d'œuf, tout grand, sec, oiseau à longues pattes qui se prend vachement au sérieux. Il a hoché la tête pendant la messe basse et a balayé la classe avec ses yeux, j'oublie toujours comment ça s'appelle, un marron et l'autre vert, comme crevé. Il l'a arrêté sur moi, son regard qui boite et m'a souri, mauvais signe, vu comme je suis d'habitude pas dans ses petits papiers, il faut dire que je passe mon temps à faire France Info au fond de la salle pour les copains. Surtout le jingle que je réussis super bien.

Il fait sa voix avec du sucre dedans pour me demander de suivre la Bergère, *prends tes affaires*, j'aime pas ça. En suivant Jupe en Laine sous le préau, ses larges fesses détendent la maille, on voit ses dessous, noirs, je gamberge dans tous les sens. Ça ressemble comme impression à l'année dernière, quand tout le collège avait été évacué à cause d'un nuage toxique, l'air qui piquait, les profs et leurs têtes paniquées, nous pas du tout, on faisait les fiers, c'était notre Tchernobyl à nous.

Avec Marc, nous nous étions échappés du gymnase, la belle pagaille, la balade, ensuite, dans les rues désertes, on rigolait de notre bravoure, on parlait fort dans les avenues vides, mais l'inquiétude. Et si ?

Là, je sens comme un nuage, toxique pour moi tout seul, qui me tourne au-dessus, son pas élastique dans l'escalier qui projette sa culotte de cheval loin sur les côtés, un nuage qui va forcément crever en pluies acides. Sur ma tête.

Un accident de voiture encore ? La mère conduit peu, ne va jamais loin. Une crise cardiaque ? On ne me sortirait pas d'un cours de français à moins.

Je n'ai rien à me reprocher qui puisse me valoir cet honneur. Impossible d'imaginer autre chose, la mère. Un incendie, la maison en cendres ? Il faut, j'y reviens encore, que la mère y ait été blessée, brûlée, carbonisée, morte.

Je pense au père, à l'époque on ne m'avait pas convoqué pour me dire, j'étais juste rentré, comme une fleur, le midi.

Mon ventre est serré comme un poing, fort, dur, lourd. *On va où ?* La Jupe se retourne, sourire, elle aussi, épidémie nauséeuse de bienveillance, *Mme Naigre nous attend*.

Mme Naigre, pas mis les pieds chez elle depuis des mois, deux convocations dans le cahier de classe, rien de plus.

Elle veut peut-être qu'on fasse le point, m'a préparé un beau sermon, tout plein de morale qui dégouline, *on croit qu'on est fort et puis.*

Ça ne tient pas. Je voudrais, mais c'est démesuré, sortir de classe pour ça.

Quand j'arrive devant le bureau de l'assistante sociale, que Vilaine Peau s'efface pour me laisser passer, ça devient pire qu'avant le rideau qui se lève, la boule, la soif qui vient dans la bouche, je ne pourrai plus jamais parler. Et le sang à la tête, et le froid et le chaud entre les omoplates.

Surtout qu'avec Mme Naigre, il y a le proviseur.

Mérinos a refermé la porte, nous voilà seuls tous les trois. Moi surtout.

Le proviseur joue avec ses mains, on dirait qu'il compte et recompte ses doigts, trois, quatre, cinq, ils sont tous là.

Et crève le nuage.

Il faut que je sois fort, il sait que depuis un an, ça n'a pas dû être facile, perdre son père quand on n'est pas encore un homme, il n'y a rien de pire, ça oblige à grandir plus vite, j'ai déjà entendu ça quelque part, mon Dieu, il y a des fiches toutes faites pour les cas comme moi ?

Ma tête est partie en vacances à cet instant précis, je ne sais pas pourquoi, j'ai pensé que mon père était dé-mort, qu'il y avait erreur sur la voiture, des 504 il y en a des tonnes par ici, qu'en vrai, il avait fait une fugue avec une secrétaire de son travail, très grande et très belle, avec des cheveux châtains et bouclés comme à la télé.

Qu'il revenait, l'air de peler un œuf et que j'avais droit, maintenant, à une sorte de préparation au retour du père.

Mais l'évidence, la réalité est une salope, revient comme un cheval à fond de caisse et avec elle l'image de mon père, de son corps sur le lit, *beau travail* disent les oncles qui l'avaient vu avant le maquillage, je ne veux pas le savoir, et l'odeur aussi.

Celle des bougies. À la vanille, impossible de manger le moindre truc avec de la vanille dedans depuis. Même la Danette.

Les preuves de la mort de mon père ont fait que ma tête est vite rentrée de congés, peut-être je suis en train de perdre les pédales, de craquer, un truc comme ça.

L'épreuve a été compliquée pour ta mère, elle a un peu perdu les pédales, c'est le proviseur qui parle, *elle a craqué,* ajoute Mme Naigre.

Je reviens à ce moment-là, pile, comme le matin avec la radio quand je rêve un peu automatiquement de ce que j'entends, que ça se mélange, l'existant et le reste, cuisine. Je suis suspendu, debout, devant Doigts qui Comptent et Mme Naigre, à mi-cheval entre mes pensées fuyantes et la vérité qui fait des détours dans leur bouche. Je ne sais plus si c'est moi qui pense ou bien si c'est eux qui parlent. Il est question du boucher qui a appelé les pompiers, de la mère en chemise de nuit qui cherche du lait. Je ne comprends pas. Mes yeux le disent et le nuage commence à me pleuvoir.

Un choc, psychologique, la mort de ton papa a réveillé des choses chez elle. On l'a retrouvée sur le parking de l'église, allongée.

Allongée ? Soit on ne me dit rien, soit on m'explique tout, je n'aime pas les moitiés de choses, le doute qui fabrique des parpaings monstrueux pour combler les vides. *Elle est tombée ?*

De toute façon, il le saura bien un jour, vous savez comme sont les gens. Trois, quatre, cinq, ils sont tous là. Et Mme Naigre qui poursuit, les yeux qui se rapprochent de moi, je ne vois plus autour, *sous sa chemise de nuit, en boule, elle avait caché des affaires d'enfant.* Un temps d'hésitation, infime, *elle finissait d'accoucher les vêtements quand les pompiers sont arrivés.*

Enchaîne.

C'est compliqué, les nerfs, l'épreuve de la disparition de ton père, les choses qui passent par la tête, ça a fait remonter un épisode triste de sa vie.

L'enfant Jean, je dis. *L'enfant Jean,* elle dit.

La mère a touché les fils, elle a fondu les plombs, ça y est, le père plante la voiture et lui avec. Et la mère fait une sortie de route, en pleine ligne droite, elle. En plus, devant les voisins.

Elle doit se reposer, elle est à l'hôpital pour le moment, on lui a donné des calmants. Elle va dormir, dormir et puis tout devrait rentrer dans l'ordre. Pas tout de suite bien sûr, mais ce sont des choses qui arrivent et plus souvent que ce que tu crois.

Elle ne s'arrête plus de parler, à côté du proviseur qui recommence une énième fois l'inventaire de ses doigts ; mon cœur qui chamade, ma mère est folle ; il reste quelques centimètres avant la surface de l'eau, mais plus je monte et plus elle s'éloigne. J'étouffe dans ce bureau, la moquette crottée, il faut que je sorte, que je respire à nouveau, j'ai chaud, la panique, je ne peux plus rester ici, mes jambes sont dures, la porte, vite, les marches, peur folle, ne pas rester bloqué dans le couloir, ne pas s'arrêter, comme un fil sur lequel il faut continuer à marcher, des battants que je repousse, encore des marches à descendre et puis le préau, fermé, boîte sombre avant l'air qui circule.

Dehors, dehors, enfin. Mes poumons réapprennent, marcher toujours, pour me calmer ; les battements, qu'ils ne montent plus. Marcher, rapidement, il tombe quelques gouttes, ça surprend, ça fouette, ça respire la vraie vie. L'odeur des arbres aussi, et la terre autour, lourde, humide. Je suis au centre de la cour, océan de bitume, les mains loin de moi, tendues après les bras. Je vois le proviseur et Mme Naigre à la fenêtre, là-bas, loin sur la terre ferme. Ils me regardent les regarder, doucement la vie reprend une épaisseur plus normale et la sonnerie qui accélère tout, cavalcades, et le bruit des chaises qu'on repousse, les portes qui claquent. Et les premiers élèves qui me rejoignent dans la cour.

Je ne suis plus une île.

23

C'est blanc, tout blanc. Et calme. On a juste du mal à se concentrer, on sent bien que quelque chose s'est passé, mais à chaque fois qu'on arrive dessus, ça disparaît. Et il faut tout recommencer, remonter les souvenirs un par un, les poser les uns sur les autres, rester dans le mouvement, ne surtout jamais hésiter, sinon ça tombe, on perd le fil.

Au début, c'est un peu angoissant, on y est, presque, mais jamais ça ne vient. Et puis on décide que ça fait comme un jeu, on s'amuse bien, des montagnes russes de pensée. On repart au début. Des tours gratuits, encore. Ça nous est venu comme ça, entre deux tours de wagon, au détour d'un cri, rauque et bref : ça sent l'hôpital ici. On attend que ça parte aussi, cette impression, mais non, il faut que ça reste.

24

Hier, on a vu des canards, il y a un parc derrière le bâtiment avec une mare, un trou d'eau plutôt. Et autour, une famille entière, des tout-petits, on dirait des poils à la place des plumes. Et ça suit la mère canard en file indienne. On aurait pu rester des heures à les regarder, mais c'était l'heure de rentrer, c'est l'infirmière qui décide. Et elle n'est pas commode.

25

Les repas, on ne dit rien, mais on n'en pense pas moins. C'est très moyen, les légumes, on sait juste que c'est des carottes grâce à la couleur. Le goût, ça doit être une option. On doit somnoler, on sent la tête qui choisit une épaule, on lutte un peu et puis l'instant d'après le plateau-repas a disparu. Ou on trouve Robert qui nous regarde, debout, en plein milieu de la chambre. Il a grossi Robert, on ne l'a pas vu depuis la cérémonie de l'Homme, il a toujours sa tête de petit garçon pardessus un double menton. Un vrai poupon. Qu'est-ce qu'on a pu jouer avec lui, et l'habiller, et le coiffer, le promener dans la carriole aussi. Maintenant c'est un homme, tout en rondeurs, avec une belle pelisse ou c'est un imper, on ne sait pas très bien, plié sur le bras.

Il sourit maintenant qu'on est bien réveillée, *oui, c'est ça, viens embrasser ta vieille sœur, non mais on aura tout vu, des fleurs maintenant. C'était pas la peine, les infirmières les enlèvent la nuit.*

Mais merci quand même. Elles sont belles. Des tulipes ? Des tulipes, découpées comme ça ? C'est nouveau. C'est marrant, ça, des tulipes perroquets, jamais entendu parler. J'espère qu'elles ne vont pas se mettre à causer.

On a encore du mal, ce coton dans la tête, à suivre la conversation. On sait qu'on a fait un genre d'attaque, trop d'émotions, l'Homme, l'enfant Jean, ça a débordé. On doit se reposer et tout redeviendra comme avant. Bien sûr, il y a des choses qu'on ne comprend pas encore, mais ça reviendra, il suffit d'être patiente.

Avec les médicaments, on n'a plus jamais peur.

26

Robert me regarde par-dessus son café, un sourire, son éternel sourire accroché en plein sous son gros nez, incroyable un nez à ce point-là, comme un phare, le clignotement en moins. Plus de dix jours qu'il a débarqué avec son nez et une valise en toile marron, Robert, le petit frère de la mère, mon oncle.

Il est venu spécialement de Rennes, complètement la Bretagne, pas entre les deux, pour s'occuper de moi, ça va, je ne suis pas handicapé. Il dort dans ma chambre, vu le bordel que c'est partout ailleurs, il n'a pas trop eu le choix. Du coup, moi non plus. Au début, il a voulu tout ranger, nettoyer à fond, mais le médecin lui a dit que ça n'était peut-être pas une bonne idée, la mère devrait retrouver ses repères en rentrant. Je le connais pas très bien Bob, je l'appelle Bob, pas devant lui, mais pour moi, juste. Et aussi pour les potes, ça craint Robert je trouve. Il est marié avec Jacqueline, c'est une compète de prénoms ou quoi ? Elle est toujours malade mais un peu, le dos qui se bloque ou ses bronches, *elle fait sa Jacqueline,* le père disait.

Je l'entends qui lui téléphone à sa femme, le soir, je baisse le son de mon Walkman, elle n'a pas l'air contente, elle parle fort et vite, j'entends presque ce qu'elle dit, lui il encaisse, c'est un bon type, non, il ne sait pas quand il rentre, *oui ça va un peu mieux, mais elle n'a pas encore recouvré tous ses esprits,* recouvré, il prend ma mère pour une toiture ou quoi ? Je me marre quand il parle, l'autre jour, il lui a dit que je *fréquentais,* rapport à Sophia. Il parle comme une vieille dame, je suis sûr qu'il aime le thé.

J'ai l'air de faire le malin comme ça mais en fait pas du tout. Au collège, ça a fait traînée de poudre, je m'attendais à en prendre plein la figure, peut-être même être obligé de me battre, mais non, juste des coups de coude, des conversations qui s'arrêtent, suspendues dans le nulle part, des regards qui se détournent. Dans un sens, c'est pire. Même Sophia a changé avec moi, on dirait que j'ai eu un accident ou une grave maladie avec une forte chance d'y rester. Une vraie infirmière, en douce, par en dessous. Les sourires sont plus grands, tout est plus sucré, les baisers, ses bras, on dirait que je peux casser à n'importe quel moment. Je ne pleure plus, mais c'est pas tellement la fête pour autant. J'évite la maison, sauf pour les douches et encore, je ferme les yeux. Pas seulement à cause du shampooing.

En plus de Mme Naigre, je dois voir un pédopsychiatre, *c'est remboursé, ne t'inquiète pas.* Je croyais que j'allais m'allonger sur un divan, comme dans les films, regarder le plafond et puis raconter ce qui passe par ma tête, sans réfléchir, faire des blagues et pleurer, en alternance, comme le pas de militaires, mais rien de tout ça.

Pédopsychiatre, sûr qu'Abdel aurait fait une vanne toute pourrie, rien que le nom, je te jure. C'est très gentil, je parle du mien, ça a des grands yeux avec des lunettes devant, mais comme il ne fait rien qu'à me regarder par-dessus le haut des montures, c'est un peu de la décoration, je trouve. Il a des grandes mains qui se rejoignent souvent en faisant des jeux de doigts. Et des cheveux gris, le reste, ça pourrait être n'importe qui, banal, j'ai un pédopsychiatre, je ne dois pas être si grand que ça.

C'est pas moi qui ai touché les fils, mais c'est moi qui dois me soigner… *On va commencer un travail tous les deux,* comme si on m'avait demandé mon avis, *une sorte de thérapie basée sur le langage,* les mots comme des médicaments, très bien. Comment ça se passe ? *Il y a des mots spéciaux, ou ça marche avec tous ? On laisse fondre les phrases sous la langue comme du Pulsatilla 7 CH ou on les prend comme des suppositoires ? Je préfère sous la langue, surtout si elles sont longues.* Il reste bien tranquille quand je lui dis tout ça, même il sourit. En fait sa méthode, c'est qu'on discute tous les deux, moi surtout, bien la peine de faire des grandes déclarations, lui il fait des *heu heu* et puis parfois pose une question, me demande de préciser ou encore fait du coq-à-l'âne. Je lui demande combien de temps va rester Robert, qu'il compte pas sur moi pour lui donner du tonton devant, ça ferait trop le mioche qui a besoin des adultes et tout ça, il faut faire très attention aux pédopsychiatres à lunettes. Il me répond que ça dépendra bien sûr de l'état de la mère, *mais si ça dure un peu, il faudra envisager des mesures alternatives.*

Rien compris. Les pédopsychiatres, on leur apprend à parler aux lascars de quinze ans dans leur école ? Ou pas ?

27

Je fume devant la télé. Bob, je vois bien qu'il fait celui qui s'en fout, mais il tortille du nez, les paquets de muscles qu'il doit falloir pour le faire bouger comme ça. Ils tortillent, son nez et lui, mais il ne dit rien, comme *la mère est d'accord,* mon petit mensonge.

Aujourd'hui Jacqueline est venue avec du linge propre, une valise. Et ses expressions à deux balles, toutes faites, une autre valise.

J'avais grandi, comment ça allait à l'école ? Devine... *Et cette amoureuse dont me parle ton oncle ?* Elle dit mon *oncle* à la place de *Robert,* j'imagine que ça crée des liens. On a déjeuné tous les trois, bizarres, comme des parents de substitution, à peine un an et demi après le père. C'étaient des crudités, carottes râpées, betteraves et tomates. *C'est bon pour la santé,* elle dit. Elle ne mange plus de viande, mais n'allez pas lui dire qu'elle est végétarienne. Bob, lui, il assume pour elle, il me parle de sa phobie des toxines ; je trouve ça curieux, ça se saurait si c'était dangereux, et puis elle a toujours des cernes et le teint à faire pleurer, brouillé. En effet, ça a l'air très bon pour la santé.

On ne parle pas beaucoup, sauf elle qui enfile les phrases comme des perles, grande asperge, elle est grande, oui, on dirait un personnage de mes vieux *Picsou*, qui ressemble à un cheval, en moins stable.

Si la situation s'éternise, on ne parle jamais de la mère, de l'hôpital, de la folie, on parle de la situation, ça évite de se figurer les grands couloirs tout lépreux avec les rangées de portes fermées à clef, l'odeur de pisse et tout, sans parler des cris, pire que des bêtes. C'est ce que j'imagine, je ne suis pas allé la voir, à cause des médecins qui ne sont pas pour. *Si la situation s'éternise, il faudra trouver une solution, ton oncle Robert étant ton parrain, si, mais je dis bien si, ta mère ne retrouvait pas tout de suite toutes ses capacités, tu pourrais...* Elle finit sa phrase sans prévenir, la bouche comme quand on fait pause sur le magnétoscope, un petit tremblement, trois fois rien. Je continue de me taire, je regarde sa main sur l'avant-bras de Robert, crispée, lui, même pas la peine de le regarder, je sais qu'en dessous de son gros nez, il y a sa banane, sympathique et engageante.

Je crois que jamais un garçon de quinze ans qui se servait des carottes n'aura suscité un tel intérêt.

J'en reprends encore, je n'ai pas faim, mais ça me donne un truc à faire.

Elle passe la nuit à la maison, il faut déplier le canapé, mon lit c'est un une place et hors de question qu'ils dorment dans le lit de la mère. Ils n'en ont même pas parlé.

Je file dans la caravane sans les embrasser, j'aime pas tellement les gens qui embrassent à tout bout de champ, pour se dire au revoir, ou pire encore, bonjour, avant de se laver les dents, la gerbe.

Je sors le catalogue de La Redoute du coffre sous ma couchette, je l'ai pris l'autre jour dans la pile du courrier, je regarde les fringues, un peu les meubles et puis j'arrive là où j'arrive toujours : sur les pages des dessous. Les femmes en combinaison, en petite culotte, les soutiens-gorge et les ventres. Elles ont au moins trente ans, certaines sont bien en chair, d'autres me plaisent plus avec leurs jambes fines et longues, et, cerise sur le gâteau, les poils qu'on distingue, noirs, comme une petite araignée emprisonnée sous la toile tendue du slip. Et parfois, la petite fente, juste en bas, le sexe qu'on devine, sa partie grasse, moulée.

Je regarde bien sous la lumière, j'essaie de m'arrêter sur une fille, le papier est fin, on voit au travers, et les reflets qui jouent. Elle ? Elle ? Elle, non, pas elle. Elle ?

Qui est la fille ce soir, celle avec qui je m'enfuis, celle qui me racontera son histoire ?

Enfin, elle est là, page 407, blonde, très. Mais sous son petit morceau de tissu, entre ses cuisses, les poils sont trop bruns, fournis. Le contraste, l'accident, comme Sophia quand elle porte un soutien-gorge d'une couleur et le bas d'une autre, comme la grosse dame de la boulangerie, avec ses cheveux jaunes et ses sourcils foncés.

Cette fille de papier, la grande blonde, sur son support à peine glacé, a-t-elle jamais imaginé qu'un adolescent de quinze ans, quelque part dans l'ouest de la France, écarquillerait les yeux, écouterait ses histoires de muette et se masturberait ?

Sommes-nous nombreux à être tombés sous son charme un peu vulgaire, à la choisir, elle, et pas une autre, pour jouir dans un mouchoir ratatiné ?

Comment s'appelle-t-elle ? Où habite-t-elle ? Et son âge ? A-t-elle un chat, une terrasse pour prendre le soleil et son petit déjeuner ? Elle doit être mariée, sûrement un grand type brun, avec des costumes et des cravates, sportif, sympa, mais sans plus, elle rêve d'un ailleurs, de fantaisie.

Quand j'ai fini, je ferme le catalogue. Elle ne m'intéresse plus.

Je garde le mouchoir pour demain ou je le jette ? Si je meurs cette nuit, une mort subite de l'adolescent ça existe, et qu'on le retrouve près de moi, la honte. Je décide de le brûler dans le cendrier.

Le sperme ne se laisse pas bien faire.

J'ai du mal à m'endormir, je me mets sur le ventre d'habitude, mais depuis quelques semaines j'entends trop mon cœur. Un bruit sous-marin, comme des choses en fer qui tombent au ralenti sur des rochers engloutis, régulièrement. Et de plus en plus vite, ça m'empêche de ne penser à rien, je vois la pompe, nerveuse, qui envoie du sang dans tout mon corps, qui s'emballe, qui a du mal à évacuer tout le liquide, qui panique. Et qui cède.

J'ai tout le temps peur de mourir si je ne bouge pas, la nuit surtout.

Sur le dos, c'est mieux, je ne l'entends plus, juste le pouls qui tape tout en bas sur la cheville droite. Mon cœur se ralentit, j'ai lu quelque part qu'on pouvait respirer dans un sac en plastique pour aider. Plus d'oxyde de carbone, moins d'oxygène, un truc comme ça. Ça sera pour une autre fois le scaphandre Carrefour, j'imagine la tronche de Bob, le matin, me retrouver asphyxié, étouffé, la tête dans un sac à courses.

Le problème du soir, c'est ça, l'esprit qui part au galop, l'imagination sur le dos, impossible de ne penser à rien, tout est toujours en déséquilibre vers l'avant. Le corps, quand on est rassuré, *il va tenir le coup cette nuit, aucune raison*, c'est la tête qui détale, les histoires qui s'enchaînent, sans queue ni tête, vite, un mot qui en appelle un autre, comme les racines d'un arbre, qui se multiplient et qui emmènent loin, en plein dans un flou d'où il ne faut pas sortir, pas même essayer, sinon, c'est le réveil, le plafond encore, le cœur qui cogne et une heure de perdue.

Le soir, ça fait un moral de pigeon.

Ça tape dans la porte, un son un peu creux, le bruit du métal enrobé dans du plastique, ça tape, je remonte, jusqu'à effleurer la surface du sommeil. La tête est sortie, c'est le matin, on dirait.

C'est Jacqueline qui vient dire au revoir. Deux bises, impossible d'y échapper à cause de la surprise, qui claquent comme des balles de tennis, je tourne la tête, pareil, pour suivre le mouvement, que quand on suit un échange. Elle donne des coups de joue, girafe, et embrasse loin vers l'oreille.

À bientôt elle dit.

À bientôt je dis.

C'est jeudi, je ne commence qu'à dix heures. Et je pense que c'est bientôt le début de Roland Garros.

28

Ça doit en faire des jours, peut-être deux semaines maintenant, c'est pénible, il n'y a que des vieux et des zinzins par ici. Vous parlez d'une compagnie, pas un pour rattraper l'autre et ça bave, et ça crie, il y en a même un qui passe son temps à mordre, heureusement, ils lui ont enlevé les dents, mais quand même c'est désagréable.

On a parlé au médecin, un jeune, qu'est-ce qu'il y connaît, je vous le demande, dans combien de temps on sera à la maison, *on n'est pas folle quand même, une attaque, oui ça arrive, mais c'est fini maintenant. On peut se débrouiller toute seule, comment on faisait avant, les courses, le repassage, la cuisine, on ne demande rien à personne. De toute façon, on n'a pas le choix, on est toute seule. L'Homme nous a laissée tomber et avant lui, l'enfant Jean, on ne se plaint pas, non, c'est comme ça, qu'est-ce qu'on y peut ?* Il répond toujours à côté le docteur, on le voit bien, et juste après il disparaît avec sa troupe d'infirmières ou on ne sait quoi.

Le poste, c'est payant, on ne l'a pas pris. À la place, on se promène et puis on lit, Robert est revenu avec de la lecture. Oh, c'est pas folichon, une histoire d'amour avec de l'eau de rose et des rebondissements, mais ça occupe, mon Dieu ce que la fille est cruche.

On lit deux, trois pages à chaque fois et puis les paupières tombent.

29

C'était prévu depuis longtemps, mais j'avais oublié. Je m'étais inscrit en début d'année, en même temps qu'Isabelle, deux jours de voile, loin sur l'Erdre, après la plaine de Mazerolles, là où c'est plus une rivière, presque un lac. Du 420, jamais fait encore, il y a trois ans, j'avais essayé l'Optimist, qui est au bateau ce que le poisson pané est au poisson. Un rectangle. Augmenté d'une petite voile et c'est tout. Le moment le moins ennuyeux, c'était quand le Zodiac nous ramenait à la queue leu leu le soir pour goûter.

Tu es sûr il dit Robert derrière son nez, *oui, je suis sûr.*

J'ai failli ne pas avoir le droit de monter dans le bus : quand on s'inscrit à l'UNSS il faut participer aux activités tout au long de l'année. Je ne savais même pas que cette sortie inscrivait automatiquement à l'UNSS, je ne sais même pas ce que c'est, un truc de sport, vaguement. Comme j'étais là avec mes affaires, que la mère avait payé la sortie, ils m'ont fait monter quand même.

Le bus, ça ne dure pas si longtemps, genre moins d'une heure. Assez en tout cas pour être bien bourré, la bouteille tourne au fond, là où je suis assis, là où il faut être, je ne sais pas exactement pourquoi, peut-être parce que c'est les places les plus éloignées du chauffeur et des adultes. La bouteille, c'est une bouteille d'eau, Vittel, sauf que dedans, c'est un peu plus costaud. À force de mélanger tous les alcools, du pastis, du rhum, du whisky, du martini même, ça donne une couleur de vase, comme du pétrole. Ronan, celui qui a ramené ça de chez lui, un peu de chaque, ça ne se voit pas dans les bouteilles de ses parents, il appelle ça un *cercueil*. C'est marrant le matin d'avoir la tête qui tourne, les virages durent des heures, on chante un peu, mais pas trop, ne pas se faire repérer et puis chanter c'est nul à l'arrière des cars, c'est pour les gamins. Pourquoi on ne se mettrait pas à faire des grimaces aux voitures tant qu'on y est ? À la place, on se fait des béquilles qui sont des gros coups de poing, juste sur les hanches ou en plein sur les épaules. Quand c'est bien fait, ça dérouille. De temps en temps je regarde Isabelle, fixement, elle est au milieu, pas devant avec les fayots, mais pas non plus derrière avec nous.

On arrive enfin près de la rivière, là où elle fait un grand coude qui s'élargit. On n'a pas de temps à perdre, à peine le temps de poser les affaires dans les chambres qu'il faut déjà aller se changer. Maillot de bain en dessous, pantalon de survêt et sweat-shirt. Avant d'enfiler, *tu pèses combien ?*, un gilet de sauvetage froid et mouillé, qui colle et qui sent le moisi.

On fait des équipes de deux, je voudrais bien me mettre avec Isabelle, mais si elle dit non, la *shame*. Finalement j'embarque avec Jean-Michel, il a mon âge pourtant, putain de prénom à rides, un quatrième que je connais juste de vue, le genre à répondre aux questions compliquées en sciences naturelles.

Mes Nastase sont toutes trempées, peut-être je n'aurais pas dû les mettre, maintenant elles risquent d'être mortes. Le prix que ça coûte.

Le moniteur dit qu'il y a *pétole*, mais que ça devrait se lever, déjà on voit les risées, il faut se suivre et virer à la bouée tout là-bas, *faites gaffe à la bôme.*

Comme je débute, je laisse la barre à Jean-Michel, je m'y fais pas à ce prénom, la voile je ne suis pas un grand passionné, au départ c'était juste pour être avec Isa. On fait des tours dans l'eau ; on s'ennuie un peu vu qu'on n'a pas le droit de s'approcher les uns des autres, imagine la partie d'abordage, les pirateries et tout. La voile à deux à l'heure, c'est pénible. Elles sont où ses risées ?

Je pense à ceux qui sont au collège parce qu'ils ne sont pas inscrits à l'UNSS, ça me détend. Pour un peu je me mettrais à rire tout seul. Il y a juste un reste de nuage, loin dans ma tête, vaguement derrière. Deux même.

Et un de ces nuages est dans un hôpital parce qu'elle a mis des faux enfants en habits de bébé sous sa chemise. Comment ça peut tourner ? Je ne sais pas. Se calmer ? Comment ça va être après, les choses qui reviennent dans l'ordre, ça se guérit *les nerfs* comme dit Jacqueline ?

Je réalise brusquement que nous sommes en plein milieu de l'eau, des bateaux derrière, d'autres devant, un vertige, j'ai froid, le gilet, on n'avance pas, il va falloir des heures pour aller de l'autre côté, des quarts d'heure au moins. Je ne peux pas rester là, assis, à regarder Jean-Michel, concentré, à la barre, comme une mission suprême. Et la voix du moniteur dans le haut-parleur, qui siffle. J'ai de plus en plus de mal à respirer, prisonnier de la lenteur, je me lève et me rassois, vite, Jean-Michel me regarde, il ne comprend pas, sa tête de poisson, je tremble. J'attrape mes mains, je les coince entre mes cuisses, je ne les reconnais pas, on dirait celles de quelqu'un d'autre, je n'essaie plus de les bouger, trop peur qu'elles ne m'obéissent plus. Il faut que je me calme, la respiration du théâtre, par le ventre, Jean-Michel a les yeux fixés sur moi, il ne regarde plus du tout devant, il me parle, je vois ses lèvres bouger, j'ai mal au bide, j'entends, loin, qu'on s'agite, Jean-Michel est debout et puis plus rien.

Ce sont les claques qui me réveillent, je suis dans une couverture, au fond du Zodiac, le moniteur vient de m'en coller, une, deux, combien ? Nous sommes tout près de la rive de départ. L'air me fouette le visage, la vitesse fabrique du vent. Derrière nous, la colonne des bateaux, voiles affalées, est bercée mollement par une vague qui vient directement de notre moteur. Quand on arrive près du ponton, je vais mieux, je pose le pied, une faiblesse, je m'assois pour ne pas tomber. Entre mes jambes tendues, je vomis.

L'après-midi est long, Robert a été prévenu, l'infirmière lui a dit qu'il n'y avait pas d'urgence, une crise d'hypoglycémie, j'allais mieux, je devais me reposer. Je rentrerais demain avec les autres ; *bien entendu, fini la voile pour lui.*

Jean-Michel est venu me voir à la fin de la balade, il n'était pas seul, Isabelle l'accompagnait, on a parlé un peu de rien, ils étaient gênés, c'est gênant, c'est vrai, les malades, et puis ils sont partis. J'ai eu droit à un bouillon et un morceau de poulet avec un discours, pas un sermon, non, plutôt un monologue du mono, je leur ai fait peur, *on n'a pas idée, repose-toi maintenant.*

J'ai dû dormir un peu, je suis réveillé par des chansons, du genre scouts autour d'un feu. À la fenêtre, il y a de la lumière qui danse derrière les arbres, je ne peux pas rester là, dans ce vieux pyjama en coton jaune. Je fais le tour de la petite infirmerie, un seul lit, un seul placard, vide, impossible de mettre la main sur mes fringues. Dans la salle à côté, sorte de buanderie, rien d'autre que des serviettes. J'en prends une, je m'en fais une cape que j'ajuste autour de mon cou avec une pince à linge en bois. Pieds nus, je sors rejoindre les autres.

Quand ils me voient arriver ainsi accoutré, ça braille et ça rigole.

30

J'aurai fait pas mal de bus, de lit et peu de voile, l'UNSS, c'est plus ce que c'était. Au retour, je suis à côté d'Isabelle, ou elle est à côté de moi, je ne vois pas tellement la différence. On parle de nous, de son arrivée à Nantes, elle me dit que j'ai été un des seuls à avoir été gentils avec elle, au début elle croyait même que je la draguais, mais ensuite elle avait compris que non. À cause de Sophia.

Elle dit *dommage* en regardant dehors, le paysage s'en fout, qui défile en faisant ses traits horizontaux, dans les verts et marrons.

Il y a un silence, elle fait des petits sourires, je sens son parfum qui est un déodorant, je le reconnais, je lui avais déjà demandé, *Oé* ça s'appelle. Elle regarde ses mains et ensuite mon visage. Et encore ses mains et puis re-moi, les yeux comme s'il y avait trop de lumière, plissés, alors que non.

Dans mon ventre, il y a une joie un peu inquiète, comme une faim mélangée à de la peur, qui grandit et qui déborde le menton. L'impression que ce moment est le plus long du monde, qu'il sera terminé bientôt pourtant. On se regarde, je ne sais pas quoi dire, la sensation est nouvelle, agréable et dangereuse, je ne dis rien. Contre la peau de mon bras, il y a son bras. Je sais qu'elle sent que je le sens. Je bouge d'un quart de millimètre, les muscles de mon avant-bras jouent, juste assez pour qu'elle soit sensible au mouvement, mais trop peu pour qu'il ait l'air volontaire. En réponse, comme du morse de corps, son bras effleure le mien.

Je suis tout près d'elle et elle me manque.

En dehors de son bras contre le mien, de son odeur et de ses yeux de Chinoise, il n'y a plus grand-chose, le bus est un bruit qui bouge.

Nos vagues de peur et de désir, les ondes de nos faims ont fini par fabriquer une bulle de joie, quelque chose qui n'en finit pas d'être plus fort que l'instant d'avant, qui nous soulève et qui nous porte comme des riens. Cette fois, c'est moi qui plisse les yeux et qui approche ma bouche de la sienne. Pourquoi toujours la bouche sur la bouche ? Fugace et vite oublié.

Ça explose dans la poitrine, des cuisses au cou, pointu, fort, sa respiration est chez moi comme chez elle, j'inspire par ses poumons, je l'embrasse m'embrasser. Pas besoin de fermer les yeux, je les regarde qui regardent les miens. Il y a une urgence jusque dans ses cheveux.

Ce n'est que plus tard, au moment où le bus ralentit, les rues de Nantes, que je prends conscience de mon sexe gonflé d'elle. Mais aussi terriblement en colère contre les boutons de mon jean, ne plus jamais mettre ce jean en sa présence, la douleur se mêle à la volupté du moment. Peut-être même l'entretient.

Embrasser d'abord, réfléchir ensuite.

Le bus est devant le collège, les quolibets fusent autour de nous, des jaloux sans doute, on met mon succès improbable sur le compte de ma crise d'hypoglycémie, on en vient à la mettre en doute, j'entends même un *bien joué,* suivi d'un bruit de bouche censé souligner le caractère exceptionnel de la manœuvre qu'on me prête, deux, trois noms d'oiseaux, et une phrase à base de ma mère qui se perd dans le grand *aïe* de celui qui n'a pas eu le temps de la finir. Victime d'un shampoing au poing, *on a dit pas les mères, pas les affaires*.

Nous laissons tous les autres sortir du car, elle a des cheveux collés sur la tempe, ses yeux ne quittent pas les miens, sauf pour cligner, c'est obligatoire, on ne peut pas faire sans, je suis sûr qu'elle économise les fermetures. Je l'embrasse encore, son haleine et la mienne n'en font plus qu'une, enfant de buée qui ressemble un peu à ses deux parents. J'ai repéré Robert, sa grosse voiture garée de l'autre côté, il est tout petit devant, qui scrute les derniers à sortir du car. On se lève, je me prends dans ses bras et je pose ma tête juste sur son épaule, on se serre à se faire mal, je sens ses cheveux, le shampoing et elle en dessous, odeur de petite fille, de soleil et de jets d'eau.

J'ouvre les yeux, juste pour voir Sophia en contrebas, près des soutes à bagages grandes ouvertes comme des bouches qui crient, mon cœur s'arrête, repart en courant, piqué par une lame d'adrénaline. Elle fait volte-face et s'enfuit, tout droit. Même pas vite. De dos, je vois ses yeux qui débordent.

Je crois que c'est la fin de l'Antésite.

31

Aujourd'hui, on nous a amené un jeune homme, très mal coiffé, mon Dieu, la dégaine. Un de ces fous, il n'y a que ça par ici, des cinglés, des tarés et des barjots. Bien atteint, il nous a appelée *maman,* avec l'air d'y croire dur comme fer. Il était là, le dadais, sur le pas de la porte, juste à côté du docteur. On est restée calme, *mon petit tu dois te tromper de chambre,* un regard vers le médecin, l'air de dire, *encore un.* Il n'est pas parti tout de suite, le jeune maboul, il est resté, blanc, les bras ballants, sans doute une surdose de médicaments, ça arrive. Le médecin a fini par le faire sortir, tout doucement, sans le brusquer. C'est vrai qu'il faut être prudent, il n'était pas bien costaud, mais on ne sait jamais, la violence dont ils sont capables, et la force, inouïe. Après leur départ, on est retournée s'asseoir dans le fauteuil, on a allumé le poste, on est tombée sur la bonne tête de Laffont, c'est l'heure des Chiffres, dixit l'Homme, qui mettait les Lettres de côté. Parfois on trouve des mots de cinq ou six lettres, ou on en a un sur le bout de la langue, c'est le temps qui manque, et ce petit son, le décompte, ça crispe, pire qu'un bruit de fourchette sur une vieille assiette.

32

Le docteur dit à Robert qu'il faudra retenter, peut-être amener des photos d'avant, avec le père, la mère et moi, des sortes de preuves. Elle ne veut rien entendre, elle rit, secoue la tête, s'agace et à la fin se fâche pour de bon. Quand on persiste à lui parler de moi.

Il continue avec sa bouche pincée, qu'on se demande comment il parle aussi rond, *c'est un cas rarissime, elle a recouvré,* ça recommence les histoires de toit, *toutes ses capacités cognitives et mnésiques à l'exception de,* la phrase meurt brutalement, sans avoir prévenu, tout net, mettant la lumière sur ce qu'elle ne dit pas.

C'est Robert, oublié le Bob, qui nous tire de là en posant la seule question qui vaille, celle qui m'est aussitôt venue, peut-être pas dans les mêmes termes, mais.

C'est irréversible ?

Je comprends tout très bien, sauf les mots compliqués, mais dans l'ensemble je suis, l'adulte est une langue étrangère que je commence à pratiquer *fluent.*

Épisode un : la mère touche les fils, l'enfant Jean dans son lit, le père dans la 504, les émotions se multiplient, s'attendent et grossissent. Jusqu'au court-circuit. Épisode deux : ça va mieux, ça se calme et elle aussi, elle retrouve toutes ses capacités. Comme un TO7 qui bloque et qu'on redémarre. Sauf, petit détail, qu'elle m'a effacé de sa mémoire, elle ne se souvient plus que j'existe, moi, son fils, quinze ans de sa vie, la chair de sa chair, merde. Effacé comme un fichier ; comme un chien, écrasé.

Si ça arrivait à quelqu'un d'autre, sûr que ça me ferait marrer, une maladie incroyable, ça pourrait passer à la télé dans une émission avec des médecins en blouse, ça aurait un nom compliqué, en latin, ou pire, en grec.

Sur le coup, ça m'apparaît comme une grosse farce, une blague qui ferait froid dans le dos mais dont on sait que ça reste une blague. Que ça va s'arrêter, que le médecin va taper sur l'épaule de Robert, qu'ils ne pourront bientôt plus se contenir, partir d'une grosse bosse de rire, *putain, on l'a bien eu, qu'est-ce que tu bois ?* Mais pas. À la place, il a une moue qui commence à répondre à la question de l'oncle. *Ça pourrait ressembler à une amnésie sélective, le déclenchement traumatique pose un problème, en considérant qu'il s'agit de son veuvage, il y a une latence inexplicablement longue. Les examens du lobe frontal sont normaux. Pour vous la faire courte, je n'ai pas de réponse précise à votre question. Il se peut que demain matin tout reprenne sa place, que le déni de réalité soit temporaire. Il est aussi possible que ce soit définitif. La patiente va sur ses cinquante ans, il est peu probable qu'on assiste au début d'une dégénérescence, mais rien n'est à exclure. L'avenir nous le dira.*

L'avenir nous le dira, patate chaude de neuropsychiatre, je découvre beaucoup de spécialités différentes ces jours-ci.

33

Philippe n'est pas content, mais il fait le type cool, détaché, *on ne maîtrise pas tout, la vie nous impose des choses difficiles parfois. On va essayer de faire sans toi, c'est vraiment dommage, à un mois de Nancy.*

Je préférerais un million de fois continuer ici plutôt que d'aller habiter. Habiter déjà ça me semble compliqué, vivre, on verra. Chez Robert et Jacqueline, leur servir d'enfant qu'ils n'ont pas eu.

Bien entendu, je n'ai pas le choix du haut de mes quinze ans. Le pédalopsychiatre, la Naigre et des gens de la DDASS, rien à voir avec l'UNSS, je n'aime pas les sigles, ça cache toujours quelque chose de pas franc du collier, ont décidé d'une mesure de placement provisoire. Comme les cours sont presque finis – les autres classes commencent à ramener des jeux, ça fait du bruit et des cris dans les salles, pendant que les troisièmes révisent – et comme Robert a un travail et qu'il ne peut plus continuer à prendre des congés, des dispos et des je-ne-sais-quoi, tout ça fait que le départ c'est pour très bientôt.

Le BEPC, encore une saloperie planquée, je reviendrai le passer ici.

En attendant je fais mes valises qui sont des sacs. Dedans je mets mes choses, des photos, des bouts de trucs sans importance, que je ne peux pourtant jamais jeter, un Zippo, un pendentif, volé à une fille un été au camping, des habits, quelques livres, mais pour finir ça ne fait pas lourd.

Le reste, les vieilles affaires, les sweats en pilou, les sous-pulls orange, ceux qui font des coiffures électriques quand on les enlève, les chemisettes imprimées, motifs cocotiers ou voitures de pompiers, les pantalons en velours côtelé, tout ce qui est trop petit, qui date d'avant le collège, de la sixième ou de la cinquième, je le mets dans le barbecue en ciment. Je jette de l'essence dessus, celle de la tondeuse, et puis je craque une allumette. *Wouf*, comme dans les dessins animés, une flamme immense, dans les un mètre et quelques, heureusement que j'avais décidé que la cheminée du salon était trop petite, l'embrasement, rouge, jaune et aussi un peu bleu, je recule, les flammes soulèvent une chemisette. Elle retombe, dévorée, réduite, grosse scorie toute légère, noire et tordue.

Les sous-pulls se déforment et disparaissent, s'effondrent sur eux-mêmes dans une danse obscène, l'odeur est plastique. Très vite, il ne reste plus rien, c'est au tour de mes cahiers, il y en a deux caisses, de nourrir la flambée.

Un carton de jouets, c'est fou ce qu'on peut garder, les GI Joe fondent doucement, exhalent un parfum qui pique, le barbecue ne va pas aimer. Le Monopoly, les billets, les hôtels, la rue de la Paix, celle de Vaugirard, tout y passe.

Je soupèse mon Rubik's Cube, cadeau du père. Jamais réussi à le réussir sans tricher. Une fois, pour lui montrer de quoi j'étais capable, j'avais décollé tous les collants de couleur, un à un, et je les avais replacés.

Je le soupèse, ce cube de menteur, et puis je le garde.

Debout dans la véranda, Robert me regarde.

34

Ça pourrait être un vendredi comme un autre, vendredi c'est le jour de Vénus et c'est aussi celui du poisson, alors nous, le vendredi, on l'appelle sirène. *Qu'est-ce que tu fais sirène?* C'est notre code, personne d'autre ne peut comprendre.

Ce sirène-là, c'est mon dernier dans la caravane, c'est mon dernier à Nantes.

Abdel, Marc et Isa sont venus, les garçons, on boit de la Kro, on a laissé la porte ouverte, tant pis pour les bêtes qui entrent.

Abdel s'est renseigné, je peux demander à devenir adulte avant mes dix-huit ans, m'émanciper il dit, on s'enthousiasme tous les quatre. C'est Isa qui nous fait descendre de notre échafaudage, *comment tu vis, imagine c'est septembre le temps de faire les papiers, tu es en seconde, très bien, ta caravane, tu la sors d'ici, tu la poses sur le parking de Leclerc ? Tu manges comment, et l'argent pour les fringues?*

Les filles, c'est bien, mais ça tue les rêves.

Elle a raison, forcément, même Abdel qui bredouille, *il y a des aides, des bourses,* ne semble pas convaincu par ce qu'il avance.

Le mieux, c'est encore le pire : suivre Robert et Jacqueline, en attendant que tout rentre dans l'ordre.

On se fait notre salut de lascars, on ne va pas se mettre à chialer, *Rennes c'est pas le bout du monde,* n'empêche, je reste un peu dehors pour écouter les graviers, le bruit des pétarades qui décroît jusqu'à se fondre dans la ligne régulière des sons de la ville.

Toutes les lumières de la maison sont éteintes, aveugle, elle se découpe sur le clair de la rue, les lampadaires, jamais fatigués, veillent sur son abandon de bateau fantôme.

Robert dort probablement, sa dernière nuit dans mon lit d'enfant, demain cap sur Rennes, une nouveauté sous le bras, un adolescent dernier cri, toutes options, Walkman, acné, oui, un peu sur le front, mais je gère à l'eau précieuse.

Isa a sorti sa tête de la caravane pour voir ce que je fabriquais, elle a l'autorisation exceptionnelle de dormir avec moi ce soir, son père était contre, à son âge, elle a le temps pour ça, et *c'est du sérieux ? Il part tu sais.*

Ça dure toujours l'émotion du bus, peut-être parce qu'on n'a pas couché ensemble.

Avec Sophia, j'étais un vrai couple, avec Isa, c'est le début. Je ne regrette rien, même si la marmotte me manque, la façon qu'elle avait de mettre sa tête dans mon cou comme pour y creuser sa galerie. Nos discussions aussi, à propos de rien, elle n'était jamais d'accord avec moi. Une vraie mule.

Maintenant, à la place, il y a Isa, une fille que j'ai voulue de toutes mes forces, l'antithèse de Sophia, l'une aussi blonde que l'autre est brune. Chez Sophia, les cheveux sont courts, la peau est mate.

Je m'étonne par ma capacité à continuer mon histoire.

Avec quelqu'un d'autre.

Les odeurs sont différentes, la façon de dormir, Isa est plus lointaine la nuit, indifférente dans son sommeil.

Tout est contraire. Tout est pareil.

Elle ne connaît pas la mère, juste ce qu'elle en a entendu au collège, qu'elle me rapporte, et ce que je lui ai raconté dès le départ. Je lui dis toujours la vérité, sauf la fois où j'ai revu Sophia chez elle, le poster avait disparu. Une façon de se dire au revoir de nous. Et aussi au revoir de Nantes.

Isa est assise sur le lit, je commence à avoir mal au dos, le matelas, c'est juste de la mousse, elle enfile un survêtement par-dessus ses grosses chaussettes. Je ne sais pas pourquoi, quand je l'ai vue la première fois derrière ses montagnes, je m'étais figuré qu'elle dormait toujours nue, qu'on dormirait toujours nus, l'un contre l'autre. Elle est frileuse, elle se déguise toujours avant de dormir, ça met des barrières entre nous.

Dans ma nouvelle vie, à Rennes, je ne veux plus de filles en survêtement.

Avec Isa, on ne s'est rien dit pour l'avenir, on fait comme si ça ne changeait rien.

Pour l'instant, je sais juste que ma mère m'a orpheliné de son vivant, le reste n'a pas beaucoup d'importance.

35

Je ne me retournerai pas pour voir ce que je laisse. Je ne mettrai pas ma ceinture, je laisse une chance au destin.

Robert n'insiste pas pour la ceinture.

Jusqu'à Rennes, il roule anormalement lentement.

36

On a demandé à l'ambulance de nous laisser à l'angle de la rue, on finira à pied, avec la valise à roulettes. On a déjà refusé que Robert vienne nous chercher avec sa grosse voiture, *rentre chez toi, grand benêt, Jacqueline t'attend sûrement*, ce n'est pas pour se faire assister par un infirmier qui sent le tabac brun, c'en est une horreur, merci bien, la demi-heure de trajet nous a presque gâté le plaisir de rentrer.

37

Rien n'a bougé depuis notre départ, Robert a passé un peu de temps, tout au début, pour s'occuper des affaires courantes, relever le courrier et arroser les plantes. Pas le moment de les priver d'eau, c'est pas la saison.

On ne nous y reprendra plus à donner la pièce à des jeunes du quartier pour qu'ils soignent le jardin, ça, pour le soigner, ils ne l'ont pas raté. La prochaine fois, on ne cherchera pas à économiser six sous, on mettra une petite annonce chez Suma pour trouver un jardinier, et puis c'est tout.

On a ouvert les volets, ça fait retour de vacances, les chats, Robert a laissé une gamelle dans le fond du jardin, sous l'abri à bois. Il faudra aller remercier les voisins qui ont pris la relève, leur demander combien on doit pour les croquettes. On n'exigera pas les tickets de caisse, on fera confiance, heureusement que Robert n'a pas demandé aux Bidaut, là c'était une autre paire de manches. Les chats, il nous semble qu'il n'y en avait qu'un, quand on est partie, un et demi, peut-être, un à nous,

Mistigri, et puis le gros noir qui passait de temps en temps se battre et chiper des croquettes. Il y en a cinq maintenant, quatre qu'on n'a jamais vus.

Il y a des choses un peu confuses, le docteur a dit que c'était normal, avec ce qui s'est passé.

Les nerfs, il s'est passé, voilà. On a gardé, gardé, et puis un jour, tout est sorti d'un coup, comme les images de Fréjus aux actualités du cinéma, on s'en souvient bien, toute cette eau et toute cette boue, les digues qui cèdent, la catastrophe. On a fait comme un Fréjus de la tête, voilà la vérité. Maintenant, on est à peu près tirée d'affaire, le niveau de l'eau ne monte plus, ça va gentiment descendre et puis sécher, on va retrousser les manches et construire d'autres digues. Les médicaments vont aider, comme une béquille quand on a une patte cassée. Et puis quand ça ira mieux, on s'en passera. Rien de plus, rien de moins.

On a fait le tour, ouvert la véranda pour profiter un peu du soleil. La voiture ? On a oublié de demander à Robert s'il l'a fait tourner. Pas pour faire des balades sans but, au prix où est l'essence, et puis de toute façon elle n'est pas assurée pour lui, non, la faire tourner sans la conduire, pour que les choses du moteur ne s'encrassent pas, à ne rien faire. Deux mois, c'est long, même pour une Peugeot.

Le néon de la cuisine ne fonctionne plus, on va démonter le plafonnier et en acheter un neuf, le frigo est vide aussi, il va falloir aller chez Suma, on écrit *un néon 70 cm* sur un papier, pour ne pas oublier. On va y aller à pied, ça va nous changer les idées.

La chatte devait être grosse, on n'a rien vu, on a bien noté que les croquettes filaient plus vite que d'habitude mais on n'avait pas pensé à ça, une portée qui grandissait en elle, le chat noir sans doute, on n'en mettrait pas la main à couper bien sûr.

On est devant la porte maintenant, celle de l'enfant Jean, fermée à clef quand on actionne la poignée. On ne se souvient pas, c'est nous ? Il faudra chercher cette clef, la demander à Robert, quelle idée, verrouiller. Peut-être avant notre inondation a-t-on fait des choses dont on ne se souvient plus, c'est possible. À part cette histoire de porte, tout semble en ordre, les piles de journaux sont toujours là, bien alignées, on redresse les bassines qui jouaient à pencher, tout près du bord de la table. *Ça va aller à Casson*, tante Odette disait toujours ça, quand les choses, les verres et les tasses surtout, étaient trop près du bord et risquaient de tomber. Casson, c'était un hameau de rien, plus loin sur la départementale, perdu dans les champs, il n'y avait pas de commerces, juste une boulangerie, pour le reste, les gens devaient venir jusqu'au village, à peine plus gros. Ce qui fait qu'on avait beaucoup de clients qui y vivaient, à Casson. Ce n'étaient pas des étrangers, bien entendu, mais vous pouvez être sûr que les meilleurs morceaux, à la boucherie comme ailleurs, ils n'en voyaient jamais la couleur. Ils repartaient plus souvent qu'à leur tour avec un vilain flanchet ou une carne taillée dans le second talon.

C'est le seul jeu de mots qu'on lui ait jamais connu à la tante, même si, à force, c'était devenu une vraie expression. Qu'elle partageait avec ceux qu'elle côtoyait, la mère Martin, les Gravouille, ou encore les Pommard, les mots sautent d'une personne à l'autre plus sûrement que les poux.

Le vide, la peur que ça casse, les objets dont le passe-temps serait de nous échapper, on se moquait d'elle, gentiment, on faisait exprès de poser les verres en équilibre, juste pour entendre la phrase haut perchée venue de nulle part. Même quand nos manœuvres étaient trop visibles, elle ne résistait pas bien longtemps, elle se levait et mettait le verre en lieu sûr, bien au centre, loin des tentations du vide. On se moquait et puis on reconnaît qu'on a repris le flambeau. Au centre culturel surtout, c'est là qu'on croise le plus de gens, forcément, toujours un café ou un verre de l'amitié. La famille, à part Robert et encore, on ne les voit guère.

Il y a les machines à écrire, Robert les aura poussées un peu sous la table, dans notre souvenir elles étaient plus proches du canapé. Sans doute pour mieux circuler. Les nettoyer, retrouver une touche E, les pots de yaourt dans le garage, les tubes de Smarties, les verres du centre, tout nous revient, mardi on n'ira pas au cours, on se sent encore faible, la prochaine fois l'histoire des casiers sera oubliée et on pourra les garder, les *VSD*, la laine, on a du pain sur la planche. Les objets, il faut s'en occuper, les mater, comme des animaux sauvages, ne pas les laisser commander, non mais !

En traversant le jardin, le panier à courses au bras, on se dit que tout reprend comme avant, la vie qui s'organise, les repères familiers, loin de l'inconnu de la maison de repos et Paul, mon Dieu, Marie, Joseph, on l'avait oublié, on rougit.

Tout recommence, comme quand on passe des vieux vêtements dans lesquels on se sent à l'aise.

Il ne faut pas se mentir, on est habituée, mais on est seule, depuis des années.

Depuis le départ de l'enfant Jean.

Encore plus depuis que l'Homme l'a rejoint.

2007

1

Le Picasso roule sous les arbres qui se rejoignent au-dessus de la chaussée, tunnel végétal avant la voie rapide. Nous sommes en 2007, les Picasso roulent, c'est comme ça, on n'y peut rien, ça se paiera un jour.

À l'intérieur, calme plat. Sacha et Louise regardent un de ces dessins animés en images de synthèse, la version française doublée par des comédiens connus. *Avec les voix de*, en plein sur la pochette.

Écouteurs dans les oreilles, on n'entend que leurs rires, pas toujours synchrones et les commentaires de Sacha sur un âne qui serait bête comme ses pieds.

Comment font-ils pour ne pas vomir à chaque virage en fixant le petit écran de dix pouces, posé entre les fauteuils avant ?

Le plus drôle, c'est quand ils se parlent comme des petits vieux, fort, sans s'entendre, avant que l'un d'eux daigne ôter ses écouteurs, vite suivi par l'autre.

Effet pervers du DVD, censé être l'outil idéal pour parents à bout, le pourvoyeur de calme absolu sur les banquettes arrière.

Sandrine dort, sa tête repose sur le côté droit, un peu en arrière, qui dodeline.

Coups d'œil furtifs, garder le cap du bitume, sa bouche ouverte laisse échapper un léger ronflement. Je souris devant cet abandon.

Sandrine, c'est le genre de grande femme terrienne, solide avec un je-ne-sais-quoi d'aérien, un alliage de terre et de vent. Brune, les cheveux plutôt courts, *t'en penses quoi ? Ça va repousser de toute façon.* Elle a de plus en plus de taches de rousseur, on le voit bien là, le soleil joue dessus et rajoute aux siennes celles du pare-brise, moustiques écrasés.

On s'est rencontrés sur les bancs de la fac de Rennes, depuis on a dix ans de vie commune au compteur, moins quelques mois à cause d'une rupture en début de parcours, mais c'est oublié.

Tu crois qu'on y sera avant l'heure du déjeuner ?

Elle s'est réveillée, peut-être un cri de Sacha, je regarde ma montre, onze heures déjà. Et on n'est pas encore au Mans, la faute au bouchon de Saint-Arnoult, la faute aussi au dîner d'hier soir qui s'est éternisé, le saint-émilion, trop si j'en crois ce léger mal de tête qui lancine du côté droit.

Impossible d'être efficace ce matin, préparer les sacs, canaliser les monstres. Eux, ils ont bien dormi, ils sont en pleine forme. Et comme si ça ne suffisait pas, il faut qu'on leur donne des céréales, celles glacées au sucre pour mettre le tigre en eux, quelque chose comme ça si je me souviens de la publicité.

Ça dépend à quelle heure déjeunent tes parents. Je dirais quatorze heures à la louche. Si ça roule bien entre Nantes et Saint-Nazaire.

Vacances scolaires, enfants obligent, ça risque d'être la galère, la traversée du Mans, pas autant que de sortir de Paris, mais pas loin. Je dis Paris, je pense Boulogne, mais l'habitude.

Je n'ai jamais vraiment assumé la traversée du périphérique. À moins d'avoir un salaire de ministre, impossible d'acheter un cent mètres carrés intra-muros. Naturellement c'est une image, quand on est ministre, en plus on vous prête un logement.

Pâques à Batz-sur-Mer, chez les parents de Sandrine qui ont quitté Rennes pour la presqu'île avec la retraite.

Deux semaines pour Sandrine et les enfants, une seule pour moi, *je ne travaille pas pour l'Éducation nationale, madame, je n'ai pas des vacances dans tous les sens à en faire des indigestions. Aïe ! Tu fais mal, merde.*

Les vacances à Batz, ça nous apprendra à ne pas gagner suffisamment pour faire autre chose, et puis, quoi que j'en dise à Sandrine, mes RTT, tous ces jours qui me tombent dessus, comment les occuper ?

Batz, ne pas prononcer le z, instruction de beau-papa, sinon on passe pour des touristes. L'année dernière, je lui ai dit que c'était un peu notre Chamonix, il a répondu qu'il ne voyait pas le rapport.

J'espère qu'il va pleuvoir un peu, sinon ça va être l'enfer, la Côte Sauvage plus tant que ça, envahie par des centaines de nous, en quête de beauté, d'iode et d'authenticité, il me faudra faire abstraction des odeurs de frites et des terrasses de café aux chaises en plastique qui poussent partout, rouges souvent, dès que le soleil pointe le bout de son nez, suivi de près par les t-shirts en tongs, huile solaire et bananes autour des tailles.

Mais s'il pleut tous les jours, un de ces temps où l'horizon reste gris et bouché, un temps qui mélange l'eau au ciel, cocktail géant de bienvenue, ça ne va pas être drôle non plus. C'est même à se pendre, les Trivial Pursuit avec belle-maman, ça va cinq minutes, surtout qu'elle apprend les réponses par cœur, mais il ne faut rien dire, c'est son moment de gloire. J'achète la paix par ces petites lâchetés. Et puis les petits chevaux avec les jumeaux, mon Dieu, quel jeu mécanique, rien à faire, je ne comprendrai jamais leur plaisir, compétition imbécile, je devrais cacher le plateau de jeu pour les en préserver.

Peut-être on peut appeler pour dire de manger sans nous, on ne se met pas la pression. C'est les vacances.

Je n'obtiens pas de réponse, juste elle me regarde, les yeux qui s'ouvrent un peu plus, la tête qui se tourne d'un coup vers la droite. Je réponds d'un sourire forcé et je mets le clignotant. L'avantage de côtoyer des gens pendant longtemps, c'est qu'on n'a plus besoin de parler. Bien entendu, c'est aussi l'inconvénient.

J'engage ma voiture-peintre sur la bretelle de l'aire d'autoroute. Petite lutte contre *Shrek* 2 dont je sors largement vainqueur. Il faut être ferme, *allez vous dégourdir les jambes et toi Sacha, avant, tu me fais le plaisir de venir avec moi, c'est l'heure du pipiroute. Même si tu n'as pas envie, tu te forces, je ne vais pas m'arrêter tous les cinquante kilomètres.*

Elle est parfaite pour les gosses cette aire d'autoroute avec ses micros gogues colorés.

La petite goutte, ça y est.

Je te rejoins, attention à la porte battante, va voir maman, j'arrive. Et regarde où tu mets les pieds.

Un petit tour de boutique, je ne rate ça pour rien au monde. À chaque fois, c'est une source d'émerveillement, tous ces objets qui ne servent à rien, pas même à décorer. Des assiettes aux couleurs de la Sarthe, des cygnes en cristal, des chaussons en forme de chat (ou de rat), ça doit faire une drôle d'impression de les avoir aux pieds, une improbable pendule en résine synthétique, avec dedans, qui flottent, un bouquetin et ce qui semble être un edelweiss, des sabots en joli bois veiné, les mêmes détails aux mêmes endroits, sans doute un arbre très discipliné, encore une pendule, en obsidienne cette fois, socle en plastique foncé, aiguilles dorées. Plus loin, des peluches, pleines de poussière pour la plupart, quelques-unes décolorées par le soleil, des t-shirts aussi, *je ne suis pas du matin, j'ai trente ans mais je me soigne*, un service à thé, des briquets de toutes les couleurs, avec un tas de photos différentes dessus et c'est déjà la vitrine consacrée à une marque de voiture. Tout y est décliné, du tire-bouchon au protège-volant lacé, du stylo à la montre ; tout est siglé d'un cheval fâché.

2

On a vu les Bidaut sortir leur nouvelle voiture ce matin, hier peut-être. Une nouvelle voiture, ça a les moyens. Qu'est-ce qu'il fait déjà comme métier, lui ? On l'a su pourtant. Nous, au magasin, on ne rechignait pas au travail, non. Dur, qu'on retroussait les manches, de tôt le matin à tard le soir. C'était la fin de la guerre, il n'y avait plus grand-chose dans les rayons, mais on restait avec la tante Odette. On vendait de tout, des boutons, des rubans, des dentelles. Il y avait même un charnier avec de la viande de cochon dedans. Haut comme ça le charnier. Et c'était rare à l'époque, la viande de cochon. On mettait du sel dessus, ça se conservait pendant des mois, c'est qu'il n'y avait pas de frigidaire à ce moment-là.

Mais on se débrouillait bien. On avait quoi ? Six ans, sept ans ? La tante Odette, c'était pas une causeuse. Elle avait la seule boutique de Ligné, en pleine campagne. On ne voyait pas beaucoup de monde, parfois des voyageurs de commerce et les familles du bourg, bien entendu. À la Noël, on faisait une décoration comme dans les grands magasins, les Galeries Lafayette à Paris, qu'on avait vues une fois avec toutes les lumières, quel cirque ! Et Decré à Nantes, ça on y allait tous les ans avec les voisins à la mi-décembre. Comme une expédition, on fabriquait des sandwiches au pain de mie, en pleine gâche, et on se mettait dans la 4L. Mais ça, c'était bien après la tante Odette et son magasin, bien sûr, puisqu'on était mariée.

C'était encore avant l'enfant Jean, parce qu'après, les lumières de Noël et tout le tralala, merci bien.

L'enfant Jean, quel grand malheur, le bon Dieu qui l'a voulu comme ça. Pour qui, pour quoi ? Et l'Homme. On a perdu tous ceux qu'on aimait. Seule, on est toute seule maintenant. Et les visites, on peut les compter sur les doigts de la main. Rouge, ils l'ont prise, leur voiture. Pour se faire remarquer sûrement, ça brille comme un camion de pompiers en plein dans le soleil. S'il n'est pas trop tard, après le journal, on ira se promener du côté des immeubles. Il y a toujours plein de choses, c'est fou ce que les gens jettent, ça peut servir.

On prend *Ouest-France*, là sur la pile. Jeudi 26 janvier, c'est celui d'hier, 1989, le temps file. Il fait doux pour janvier. Impossible de mettre la main sur celui d'aujourd'hui, tant pis, on fera avec l'autre. Il suffit de ranger quelque chose pour que ça s'échappe, c'est là tout proche, dans cette autre pile, ou dans la troisième. Quand il est arrivé, le facteur l'aura rangé, il sait comme on aime l'ordre. On l'a déjà lu de toute façon, on s'en souvient maintenant, pour dire toute la vérité, c'est le facteur qui nous l'a lu, debout sur son vélo, d'une traite. Il s'arrêtait de lire entre les bombes et il rentrait la tête dans les épaules, comme une tortue. Impossible d'aller rejoindre l'abri. Ça sifflait partout au-dessus. On ne sait pas très bien pourquoi ça s'appelle un abri, ça n'abrite rien, l'autre jour en revenant de chez tante

Odette, un dimanche, oui les bombardements le dimanche, c'est nouveau, on aura tout vu, là-bas à l'angle de la rue, sous l'école, des voisins tous morts, nous, on ne les avait pas encore rejoints, à cause des lapins qu'on soignait au fond du jardin, le temps de fermer les clapiers à clef, l'abri soufflé. Merci les lapins.

C'est toujours les mêmes qui trinquent, l'enfant Jean, l'Homme disparus. Et qui reste pour les pleurer ? Bibi.

Des machines à écrire, sûrement le facteur qui les a déposées. Ça fait comme une collection, elles doivent valoir bonbon, il a pris soin de les mettre en dessous, la noire est jolie, elle est tout en hauteur, tout étroite. On pense à des chevaux en la voyant. Le temps commence à se lever, on y voit plus clair, il a presque fait froid ces temps-ci, avril ne te découvre pas d'un fil, tante Odette le disait, c'est vrai. C'est bête, mais c'est vrai. Où a-t-elle pu disparaître celle-ci, elle vieillit, il faut constamment la surveiller. Un jour elle est là et l'instant d'après, plus personne. On n'est quand même pas folle. Et voilà que quelqu'un a encore versé du marron sur notre blouse, c'est dégoûtant cette manie. Les Bidaut, ils se cachent derrière la haie et ils nous lancent des crottes de leur satané chien. Celui qui en a toujours après nos chats, les petits, ils sentent bien le danger, ils se cachent eux aussi, ils attendent que ça passe dans une cachette. Peut-être que le facteur les a vus, qu'il sait où ils sont, il faudra lui demander, on devra le noter vu que quand il passe on oublie et on s'en souvient après. Les facteurs, ça passe vite, à cause des vélos. S'ils étaient à pied, on se rappellerait. Mais voilà, les PTT.

On cherche un crayon qui marche, on dirait que tous les crayons sont en grève, les lunettes, celles-ci sont trop grandes et on ne voit rien dedans. On nous a changé les lunettes pendant la nuit. On nous jette des crottes de chien, on nous échange nos lunettes, jusqu'où ça va aller ? Il y a des limites à la fin. On va aller les voir et leur montrer notre façon de penser aux Bidaut, on dira aussi au facteur de ne plus leur distribuer le courrier, ça leur fera les pieds. Cloportes, on verra bien si on peut rire de la vieille folle, oui c'est comme ça qu'ils nous appellent, parfaitement. Rira bien. On a bien entendu, on n'est quand même pas sourde, c'était tout à l'heure, les petits qui cherchaient les œufs en chocolat, *un entraînement pour la semaine prochaine,* et les parents, grands sots, la bouche en cœur, grands nigauds, *attention, si vous ne les trouvez pas, c'est la vieille folle qui va les manger*. On n'a pas rêvé, *vieille folle,* merci bien le respect qu'on doit à une personne âgée. Qui en a vu, entre parenthèses, des vertes et des pas mûres. Une bombe, tu penses que ça leur tomberait sur les œufs en chocolat et on n'en parle plus. Faire Pâques une semaine avant Pâques, déjà, à quoi ça rime ? Mais non, il faut que ça tombe sur un abri une bombe, cinq morts, les boyaux à l'air, pas beau à voir. Rien à faire, des gens bien, pas des qui lancent des crottes de chien à la tête des personnes âgées. Non, l'infirmière du canton, une jeune qui avait fini l'école juste en septembre 40. Le respect, ça ne court plus les rues, on le voit bien dans le poste, c'est sans arrêt des histoires avec des insultes, des gros mots et le toutim. La télécommande, tiens, on y pense du coup, à cause des piles qu'il faut changer, ça ne marche plus pour monter le son ou pour changer de chaîne. Il faut se lever, ça on s'en souvient. Tant pis. Elle doit être rangée quelque part dans la véranda. On s'occupera de ça plus tard, les pâtes doivent être cuites, elles sont restées au four toute la matinée. Pourtant, juste avant le facteur, elles étaient encore croquantes. Et froides aussi. À l'époque de tante Odette, il y avait peut-être des bombes qui pleuvaient sur les abris, mais les pâtes, elles cuisaient.

3

La mer, son bruit de ressac, les vagues qui se cassent sur les rochers noirs, déchirés, le même bruit tous les ans, rassurant à force.

Les crêtes d'écume, blanc incandescent, celles qui montent plus haut qu'on ne l'avait pensé, les autres, plus timides et décevantes, à dire vrai, on pourrait les regarder pendant des heures.

Ces minutes d'après le petit déjeuner, le premier petit déjeuner des vacances, on les savoure, la vue du balcon, d'est en ouest, rien que la mer. Les jumeaux sont déjà sur la plage, ils ont investi leur petite crique, tout juste s'ils n'ont pas fait un état des lieux. Pâtés de sable, le bain pas tout de suite, la digestion, Sandrine y tient, elle ne veut pas risquer l'hydrocution, parle souvent de ce mariage en plein été, de la jeune mariée déjà veuve après que son époux a voulu nager, le repas trop riche et trop arrosé, l'eau trop froide sans doute.

Les parents de Sandrine sont au marché, ils ont vieilli, lui surtout qui se tient un peu moins droit, comme moins dense, affaissé, toujours plus blanc. Ils se ressemblent de plus en plus dans cette cinquantaine navrée, chaque année plus semblables dans leurs attitudes, couple d'oiseaux, un frère et sa sœur.

Les jumeaux font des signes, je leur réponds, même je me lève, monte sur la chaise pour qu'ils me voient mieux, j'imagine d'ici le cristal de leur rire. Et Sandrine, sa moue, mon Dieu, j'ai trois enfants, deux petits et un plus grand.

J'allume mon portable, j'écoute mes messages, Olivier, une fois, qui me souhaite de bonnes vacances, sardonique. L'enfoiré, célibataire, sans attaches, il fait ce qu'il veut de sa vie. Ses soirées, poker, souvent. La plupart du temps il m'invite, je n'y vais jamais. Et les petites jeunesses aux seins hauts. Deux autres messages de l'agence, on dirait que quand je ne suis pas là, c'est la fin du monde. Pas sorcier pourtant de louer des voitures, remplir les formulaires, vérifier les informations, faire les inspections avant la location, les refaire après la restitution du véhicule, remonter les litiges à la direction régionale. Toujours un problème avec un client, un souci de disponibilité, *j'avais demandé une Golf, qu'est-ce que c'est que cette Nissan ?*

Le soleil est revenu, j'ouvre mon dossier et je finis mon jus d'orange, putain, ce qu'il est amer, tous les ans, c'est la même chose. À Noël, on leur offre un presse-agrumes.

Il fait presque trop chaud maintenant, sur le balcon à l'abri du vent, sauf la tête qui dépasse des trois panneaux de plexiglas. Le bruit qu'on avait oublié et les gerbes, malgré la marée qui semble étale.

Je fais toujours semblant de travailler quand les beaux-parents reviennent, cabas plein, sourire jusque-là, mimant eux aussi la bonne humeur, la vie est belle, joviaux, le beau-père même se frotte les mains, c'est l'heure du verre de blanc sec, bien mérité.

Sandrine, petit pois sur le sentier, remonte, encadrée de sa progéniture qui est aussi la mienne.

On a pris du rôti et des haricots verts. Les enfants vont faire la sieste à l'étage ? On a croisé Mme Grégoire, elle a demandé de tes nouvelles, Sandrine. Je fais cuire les crevettes. On sent que c'est le début de la saison, les prix ont presque doublé par rapport à février. Lui, non, il est aveugle, pas sourd, tu dois confondre. On pourrait se promener à Guérande ? Les enfants, les niniches c'est pour après manger. Je me demande où tu vas chercher ça. Depuis le temps que tu travailles dans les voitures, tu n'en as toujours pas vendu une ? Je plai-sante. J'ai repeint le portail, mais on est tellement proches de la mer. Sûr que les jeunes des banlieues c'est un problème. Pas ici, mais à La Baule déjà. On a eu des voitures brûlées à Saint-Nazaire. Sarkozy… Sarkozy…

Qui veut les morceaux les plus cuits ? J'ai mis l'ail à droite, les enfants, ça va être fort pour eux, non ? Pourquoi il faudrait céder, on a dit haricots verts, c'est haricots verts.

D'un coup, c'est l'heure du café, les enfants que Sandrine couche. Le beau-père qui s'éloigne, animal repu, vers le canapé du salon.

Toujours un moment de solitude, le temps qui passe y fait à peine, ce face-à-face avec la mère de Sandrine. Presque encore belle femme, plus que le souvenir de ce qu'elle a été, elle me renvoie le portrait de sa fille dans quelques années. Voyage dans le temps, je ne sais pas vraiment quoi penser d'elle. Prisonnière de sa vie, propriété de son mari, curieuse dans tous les sens du terme, les mots si faciles tout à l'heure hésitent à présent. Avec le beau-père, la même situation est beaucoup plus simple, le sport qu'il suit, la bourse, *5000 euros cette année, prends-en de la graine*, les voitures et même, à demi-mot, les femmes, les nôtres mais surtout les autres, celles qui passent et qu'on regarde, celles dont il me parle, l'alcool aidant. Et les regrets, les espoirs. Mais toujours les joies en fin de compte, la famille qui vaut tous les sacrifices. *On n'est pas des animaux*, il dit souvent. Le regrette-t-il ?

Sa femme, sous son écorce de mère de famille, respire et vibre comme un instrument de musique intérieure. Calme, avec ce tremblement, cette ambiguïté qu'elle laisse deviner quand nous sommes seuls. Les sujets de conversation banals, la cuiller qui tourne dans le café sans sucre, les cheveux qu'elle touche trop souvent, son regard qui se perd au-dessus de la ligne d'horizon. Trouble.

Je me souviens m'être déjà demandé si la topographie de son sexe était comparable à celle de Sandrine. Si son goût était le même et les attitudes aussi, les petits gestes. Et les cris.

Ça dure trois minutes, quatre peut-être et puis elle retrouve, avec le retour de Sandrine, les enfants dorment, son masque de dame patronnesse et sa sévérité protestante. Elle a *un côté MILF*, comme dit Olivier, spécialiste de la classification sexuelle.

Sandrine lève les yeux au ciel en s'allumant une cigarette : les ronflements de son père, tout ce qu'elle exècre, ce qui lui rappelle le corps, la chair, le bruit d'une respiration, tout ce qui va avec. Le pire, les bruits de l'estomac ou de l'intestin, la transpiration. Que ne sommes-nous des esprits ou des végétaux, peut-être c'est la même chose ? La photosynthèse remplacerait avantageusement l'archaïque façon que nous avons de nous alimenter. Et si impure. Les dizaines de couches des jumeaux qu'elle n'a jamais touchées à cause de ça.

Mais son père qui ronfle, irrégulier et haut comme l'écume, qui couvre son bruit, même là, sur le canapé, son père lui rappelle ce qu'elle est, ce que nous sommes tous.

Les trois premières journées se passent ainsi, rythmées par les jeux de plage, les balades à Guérande, au Croisic, tous ces gens en short, mon Dieu, les repas, la purée qui fait son apparition et qui déride les jumeaux, les siestes et les moments d'apesanteur que j'ai du mal à éviter avec belle-maman.

Sandrine se refuse à moi le soir. C'était prévisible, je l'avais envisagé en tout cas.

Tout au début de notre relation, même dormir avec elle chez ses parents était une gageure. L'effleurer, la toucher, la raidissait immédiatement. La première fois qu'on avait fait l'amour sous le même toit que ses géniteurs, deux ans avaient passé, elle était glacée, sèche, j'avais eu mal mais j'étais allé jusqu'au bout. On n'en avait jamais reparlé. Et puis, année après année, les choses étaient devenues plus faciles, elle s'était libérée de cet étrange réflexe. Mais tout avait été bouleversé avec le déménagement de ses parents. Ce que j'avais mis jusque-là sur le compte d'une pudeur excessive, *tu comprends c'est ma chambre de jeune fille, là où j'ai grandi*, me posait maintenant question. Bien sûr elle avait cet abord un peu distant, cette façon d'être figée, mais elle n'était pas ce bloc de glace que j'avais à présent contre moi.

Elle s'est éloignée, bord du lit, ne se sent pas bien, *sûrement une huître un peu limite.*

Son corps entier est froid, comme mort, sa respiration pourtant. Et ma cuisse contre la sienne, mon désir sous la lourde couverture. Je ne dormirai pas avant de m'en être libéré. J'attends qu'elle s'endorme et j'irai sans joie dans le couloir.

Me branler.

4

Je gare mon peintre au bout de la rue, plutôt loin. Je ferme la porte, la lumière s'éteint progressivement à l'intérieur, fondu au presque noir. Je verrouille les serrures d'un coup de télécommande, ça fait un double bip accompagné du spasme des clignotants, contraction brève, orgasmique ou vasculaire, peu importe. La rue me semble à la fois familière et inconnue, des façades que je connais cachent des habitants que je ne connais plus. Qui, parmi ceux qui m'ont vu grandir, est encore ici ? La vieille dame du 56, déjà vieille il y a vingt ans, est-elle encore tapie derrière ses volets ? Est-elle morte, un cancer, l'utérus et poussières ? Les rideaux ont été changés, la fenêtre est ouverte, une chose électro en sort, douce, dégoulinante, les murs semblent avoir été repeints. Pissenlits pour la 56.

Je me souviens, vite, détails, de choses incongrues, cette rue que j'ai vue se faire goudronner, gros camions qui tournent, fumée, l'exquise puanteur et les voisins aux portillons, c'était le progrès. Les nids-de-poule ont succédé au lisse du début, les trottoirs, certains s'affaissent, le chaos travaille, et les herbes entre les bordures de granit.

Les ballons qu'on envoie sur la route, que le père va chercher en serrant les dents, les jambes qui tremblent un peu, on joue moins fort ensuite, la peur, on s'amuse moins aussi. Le bruit de la pluie qui court après les voitures quand je fais mes devoirs, derrière la fenêtre, bruit blanc, haché à intervalles irréguliers. Les chats qui traversent trop vite, trop jeunes et qu'on retrouve sur le flanc, en plein milieu de la route, une blessure invisible, la position du corps bizarre, la gueule, un filet de sang clair sur les dents. Morts. Qu'on enterre au fond du jardin après une cérémonie sommaire mais immuable. Si le trou est trop petit, on plie le chat.

Le buis, là, rond, travaillé, jamais en défaut, ridicule dans ses habits du dimanche, objet et point d'orgue d'une minuscule passion, son acmé comme sa routine. Il n'a pas bougé. Une voiture passe, trop vite, emplissant un instant le vide de la rue. Mon vieux quartier résidentiel, pavillonnaire, sans problème et sans commerce, est écrasé sous la chaleur inhabituelle de ce mois d'avril. Ou bien c'est moi.

Mon paradis de la tondeuse, accessible en voiture seulement, les bus, trop peu, les arrêts sont loin, reste immobile sous le fade soleil, un peu d'air qui frissonne, pourtant les auréoles sur la chemisette.

Pas une mouche, trop tôt, même les chiens n'aboient plus. Je me souviens des chiens.

Je repère la façade, le crépi qui jure avec celui des voisins, les volets à la peinture écaillée, fermés, les grandes traînées noires sous le rebord qui racontent les longues journées de bruine. Sa couleur, vanille asthmatique qui tranche sur les beiges des uns et le saumon des autres.

Ainsi abîmée, le toit, il lui manque des ardoises, elle fait toute petite, la maison. Isolée et rabougrie.

Les mauvaises herbes recouvrent les dalles de béton, le gravier a disparu de l'allée, le portail est fermé dans sa rouille.

La voiture, son épave est garée en travers, sale. Les vitres tachées de vert disent une vie intérieure, végétale sans conteste, animale peut-être. Les pneus dégonflés, un rétroviseur qui pend, comme un œil au bout de son nerf, le pare-chocs même a démissionné.

Je n'entre pas, je n'enjambe pas le fer forgé, je passe, juste, doucement devant cette maison qui fut la mienne, qui a été grande, centrale. Et puis les années.

Je presse le pas, je remonte la rue et croise des inconnus qui me saluent, d'un discret signe de tête, à la nantaise, ne pas déranger, ne pas faire intrusion, mais quand même se manifester, être poli. Un couple, assorti, grisonnant, des vêtements aux cheveux, rond et large, qui se déplace, lenteur, en préparant notre rencontre depuis une dizaine de pas. J'avais oublié les bonjours qu'on se lance en plein air, la voix qui suit le geste, juste après, enrouée, hésitante avant de s'affermir et de se stabiliser sur la dernière syllabe. J'arrive en vue du petit centre commercial, agglomérat frileux d'une pharmacie, d'une boulangerie, d'un tabac-presse et d'une épicerie.

Sans doute mise à mort par la grande surface, à moins de deux kilomètres, cette dernière a fermé, laissant la place à un de ces endroits où l'on vient nettoyer sa voiture à coups de grand jet hyperbare. L'enseigne de ce commerce d'air et d'eau, un énorme éléphant bleu, nargue la croix verte de la pharmacie.

J'ai soif, le soir est tombé, les lampadaires tentent de suppléer. Même celui qui tremble, comme un muscle près de l'œil.

Demi-tour, je refais le chemin en sens inverse, cap sur la Citroën ventrue. La maison, encore. C'est le moment imaginé des dizaines de fois, réglé comme une scène de film, cascade, chaque geste pensé et répété. Le portail, la main droite d'abord, un bond, souple, comme quand j'étais enfant, plus lourd peut-être, plus lourd sans doute, et je suis de l'autre côté. Rien, pas de hurlement, aucun voisin ne crie à la violation de propriété privée, j'avance.

C'est facile de revenir dans sa vie.

J'emprunte ce qui fut autrefois l'allée et qui a aujourd'hui des allures de petite jungle. Les volets, sauf un, ne laissent filtrer aucun rai. Celui du salon.

Le jardin ressemble à l'allée, l'herbe est haute, les arbustes s'épuisent sous la charge des ronces, seul le chêne parvient à s'extraire et lance le vert tendre de ses branches à l'assaut du ciel. La véranda, ses vitres comme après une tempête de sable, une faible ampoule jette un peu d'éclat dans la pénombre. Clarté trouble de vieil aquarium, diffuse, qui renonce à trouer complètement l'obscurité. La baie vitrée est rendue presque opaque par la crasse, son toit naguère transparent, recouvert d'une matière organique verte et sombre, moquette végétale et poisseuse, grande sœur de ce que j'ai vu sur la voiture, qui tient presque de l'algue.

On distingue à peine la porte de la cuisine, seule ouverture libre de volets, des masses sombres la dérobent à ma vue. J'avance lentement, guettant le moindre bruit, j'ai brièvement conscience d'un mouvement dans la cuisine, juste avant de me glisser derrière le tronc du chêne. Je retrouve la sensation si particulière de son écorce, rien de rugueux, on dirait du plastique, ces papiers lavables à l'éponge, juste quelques aspérités qui retiennent les doigts, à peine. Sa circonférence a changé, c'est devenu un homme lui aussi.

Le rythme de mon cœur s'est accéléré en même temps que je réalise l'absurde de la situation. Le sentiment d'interdit et la culpabilité viennent s'y greffer, singulier attelage.

Je vois bien mieux d'ici, protégé par Sylvestre, cette manie de donner un nom à chaque chose, petit déjà, dès que je rencontrais un mot mystérieux, que j'en perçais le sens, il fallait qu'il serve, le chêne avait pris celui-là.

Le chêne américain, mon frère de bois, que le père avait planté, disait-il, l'année de ma naissance. Celui-là même dont je ne peux plus faire le tour de mes bras.

Les grandes masses sombres comme je le pensais, sont des objets en piles, dans leur majorité indistincts, mais je reconnais les ressorts d'un sommier métallique, sa dentelle d'acier, des tours de Pise de journaux, une constellation de sacs plastiques. À droite dans le peu de lumière, des bassines qui jouent aux poupées russes et puis dans le sombre, encore des tas, de chaque côté de la porte, qui montent jusqu'au plafond et qui laissent entre eux un minuscule boyau de vide, passage sinueux vers le dehors.

Labyrinthe hétéroclite et inquiétant. Des bouteilles vides, d'autres sacs plastiques siglés d'une grande surface, ce qui semble être des barquettes de nourriture, de celles qu'on passe au micro-ondes, tout cela jonche aussi le passage laissé libre. L'amoncellement vertical et structuré de tous ces objets fabrique des petits buildings qui se découpent sur le sale des vitres, ville folle, incroyable, qui a dévoré le moindre de ses faubourgs et qui continue de ses tentacules jamais rassasiés à avaler l'autour.

Une tête, furtive, apparaît à la porte de la cuisine, face à moi. Elle scrute la pénombre du jardin avec une précision de rongeur. Les cheveux sont jaunes et longs, les joues creusées par les rides et, mobiles, deux petits yeux, gros comme des boutons. Sous la tête, une silhouette malingre, épaissie par endroits, déformée et penchée en avant, enveloppée d'une vieille blouse sans couleur. Les lèvres de la tête sont animées d'un mouvement qui ne s'arrête pas, monologue qui m'arrive silencieux.

Cette tête, c'est ma mère.

5

On en est sûre, il y avait quelqu'un dans le jardin. Ce matin, les herbes étaient couchées, certaines tiges brisées tout autour du chêne. Pas un chien ou un chat, non, quelque chose de plus lourd. Quelqu'un.

On a bien demandé aux Bidaut, mais rien à faire, ils n'ont pas dit un mot, et après ils vont dire partout qu'on les insulte, ça nous est revenu aux oreilles. Ceux-là, ils sont perdus pour la France et c'est pas avec leur voiture, même neuve, même rouge, qu'ils vont devenir intelligents.

Et si c'était l'enfant Jean qui était revenu ? Il a fait le tour du chêne, discrètement, il n'a pas voulu déranger, il ne voulait jamais déranger le petit ange, jamais un pleur, pas un bruit. Parti trop tôt, pour qui, pour quoi, on ne le saura jamais, les médecins, tu parles. Et nous, on reste là, à attendre quoi ? On sait juste qu'on a mal au dos, hier on a ramené des bouteilles. On y a passé la journée, à faire des allers-retours. En beau verre blanc, des bouteilles un peu étranglées, pour mettre du rosé dedans, ça peut toujours servir. Elles étaient à côté de la poubelle à verre, elle est pleine sans doute, si on trouvait un moyen de l'ouvrir, toutes les bouteilles qu'il doit y avoir à l'intérieur. Peut-être pas que des belles mais au moins une sur deux. Les bouteilles, on les a mises un peu dans la véranda et puis une dizaine aussi dans la chambre vide. Il faut bien qu'elle serve cette pièce. En attendant qu'il revienne. Si on continue à mettre des choses dedans, ça va le faire revenir. Il demandera ce qu'on fait, *maman, c'est ma chambre, je suis revenu*. On va faire ça, continuer à remplir pour qu'il se manifeste. Pas aujourd'hui, pas maintenant à cause de cette pointe dans le dos. On y mettra des choses du salon et du garage si on retrouve la clef. Elle doit être avec la télécommande. Pour ce qu'il y a dans le poste, on ne rate pas grand-chose, mais ça fait de la compagnie. Il va revenir, c'est sûr, l'enfant Jean, il a prévenu hier soir, avec les herbes couchées, il sait qu'on comprendra. Quand il sera là, on mettra le disque d'Henri Garat, celui qu'on écoutait quand on était petite, dans la robe coquelicot qui tournait, mais ça c'est pas des souvenirs, c'est ce qu'on nous a raconté plus tard en regardant les photos, comment on aurait pu savoir que c'était coquelicot sur les photos noir et blanc ? On les sortira les photos et on les racontera à l'enfant Jean. La robe qui vient d'un galon pour faire des rideaux. Il doit en rester, de ce beau tissu. Parce qu'on avait du tissu, en plus de la dentelle et des boutons, on vendait de tout dans le magasin.

Bien sûr, c'était pas énorme, mais à l'époque vous vous rendez compte. Tenez-vous bien, il fallait des tickets pour tout, ça semble incroyable, mais c'était comme ça et tous les jours encore. On était petite à ce moment-là, faire la queue à la boucherie souvent pour rien, ça n'avait pas d'importance.

On tournait dans la robe coquelicot, coquelicot, oui, ça nous revient maintenant, mais plus on tournait, plus on faisait des jalouses. On avait même été mordue comme ça, à cause de la robe coquelicot, pour rien de plus. Jusqu'au sang, la cadette des voisins, petite bourrique, ça avait fait du raffut, elle avait été punie mais tante Odette, pour ne pas faire du tort au commerce, avait autorisé la petite à revenir au magasin, on a oublié son prénom, c'était il y a longtemps. Et en prime pour sa première visite, deux caramels au beurre salé. Ou bien c'était des caramels tout simples, mais c'est du pareil au même. On avait été fâchée contre tante Odette, on s'en souvient. Et l'autre qui narguait alors que l'épaule avait encore la trace des dents. On allait pleurer derrière le charnier le soir, au moment de la fermeture. Il ne venait pas grand monde pour la viande de porc à l'époque, c'était bien trop cher, les gens allaient à la boucherie ou dans les fermes pour les poules sans ticket. Les seuls qui venaient acheter du porc, c'est ceux qui étaient plus riches à la fin de la guerre qu'avant, on n'accuse personne, ça se savait. C'était pas forcément aux gens les plus honnêtes qu'on vendait des boutons, les dentelles et les rubans, mais il fallait bien manger, qu'elle rajoutait la tante. Sûr que les Bidaut, leur voiture, ils ont dû faire des choses pas très jolies pour l'avoir, toute neuve comme ça, ça doit coûter dans les quatre-vingts millions. Et quand on leur demande s'ils ont vu l'enfant Jean, on ne peut plus compter sur eux, c'est grimaces et compagnie, messes basses et bouche en coin. Le dos, ça pique moins, on pourrait s'occuper des bouteilles. Ah, non, ça tire encore. On va s'asseoir.

Ça ira mieux demain.

6

Ma visite éclair, je ne la mentionne pas, à quoi bon. À la place, je suis intarissable sur l'agence de Saint-Nazaire, la catégorie 7, les cabriolets qu'ils ont déjà tous loués pour les vacances, dingue, à quoi ça tient, *deux gouttes de pluie et ils avaient dix voitures sur les bras*. Malgré mon empressement, je dois avoir l'air sombre, Sandrine me sourit ostensiblement à deux reprises. Je remonte mes zygomatiques et je reprends du poulet.

Olivier passe ce week-end à La Baule, on pourrait se faire un dîner quelque part sans les enfants, tes parents seraient ravis de faire un peu de baby-sitting. Tu vois, ça ne les dérange pas. Il viendra avec Valentine, tu sais Valentine. Oui, la fille qu'il a rencontrée. Sur internet, c'est ça.

Le tour d'œil des parents de Sandrine. Qui en remet une couche sur *Olivier, un type bien pourtant, vous vous souvenez, ils ont commencé ensemble chez Locacar, ils sont toujours en contact, leurs jeux débiles sur internet, deux gamins, ça fait dix ans au moins qu'ils se font les mêmes blagues.*

Bref, au départ, c'est blanc bonnet. Et puis quinze ans plus tard, l'un à cette table est marié, père de deux enfants, je n'irai pas jusqu'à dire responsable et dirige une agence de location de voitures. L'autre vivote dans le même poste depuis au moins sept ans, enchaîne les aventures sans lendemain, avec des filles de plus en plus jeunes, tu remarqueras.

C'est curieux, ils ont fait les mêmes études, ils se ressemblent sur plein de points. Sandrine ne va pas beaucoup plus loin, élude l'environnement familial, mes parents, c'est tabou pour elle.

Beau-papa acquiesce, *c'est la génétique qui décide, en parler c'est mal vu. Mais quoi d'autre ? Un jour la science fera des découvertes et on pourra en parler haut et fort. Ma fille tu as tiré le bon numéro.*

Je glisse, un peu narquois, que si c'est génétique, on a du souci à se faire, *peut-être qu'un jour, je ne reconnaîtrai plus mes enfants, je les oublierai.*

Silence. Et puis.

Quelqu'un m'accompagne pour le cognac ?

Au point où l'on en est, je les suis, beau-papa et toute son équipe de chercheurs en biologie. Ça n'est venu à l'esprit de personne que la vie d'Olivier c'est peut-être son choix, tout simplement, ou la peur. Ou mieux encore, une lucidité incroyable qui fait qu'il échappe à ce genre de moments vaseux.

En tout cas, Sandrine a raison sur un point, plus ça va, plus les filles sont jeunes. La prochaine, il faudra peut-être lui demander ses papiers avant de lui servir à boire.

En sirotant le cognac à l'orange, seule petite coquetterie progressiste du patriarche, je me dis que la situation pourrait être pire.

Difficilement, mais ça pourrait.

Tout m'échappe, pourquoi cette visite ? C'est moi qui l'ai décidée pourtant, comme un projet étranger et puis l'excitation sur la voie rapide, les rues que j'ai reconnues, longer le parc, le vieux café à l'angle et vient la dernière ligne droite, les feux rouges qui sont devenus des ronds-points, l'anxiété qui monte, faire demi-tour, en avoir envie mais continuer. Tout avait l'air simple, ma vie ailleurs. Les enfants, Sandrine.

La tête de ma mère m'obsède, je ne suis pas plus surpris que ça par la tournure des événements, par le désordre qui semble habiter avec elle. C'était écrit, dirait le père de Sandrine, ridicule et déplacé dans son polo Lacoste, son verre de liqueur qui tourne dans la main.

J'ai l'impression d'être prisonnier de mon sang. Sandrine, c'est une étrangère. On vit ensemble, côte à côte, on avance, têtus, de front, comme pour faire une battue, qu'est-ce qu'on cherche ?

Un jour, elle aura la force de me plaquer, quand les jumeaux seront grands, quand elle n'aura plus besoin de moi. Mais en attendant ? Sauver les apparences ?

Les enfants, qui jouent, là, sur le sol à faire des empilements, festival de plastiques colorés, un cheval en laine dans sa mare de voitures miniatures, peluches naines, mauvais latex, couleurs criardes. Ça rit, ça se chamaille, on frôle la bagarre, bousculade, ça sent le règlement de compte, mais la voix de Sandrine qui s'élève. Le calme qui revient.

Les rires jusqu'à la prochaine fois.

Les enfants, je crois que ça sert à ne pas se suicider quand on arrive à la trentaine, inconcevable de ne pas en avoir avant, donner un sens à la vie, ne plus être englué dans un petit narcissisme confortable. Et stérile, justement.

Quand l'enfant vient, c'est la guerre, on ne vit que pour ce morceau de chair. Qui mange, qui pleure et qui chie.

Alternativement et dans le désordre. Cataclysme quand ils arrivent à deux, en tandem. Mais les moments de pure grâce, les instants magiques, l'odeur qu'ils trimballent, toutes les idioties qu'on avait entendues dans la bouche d'autres benêts nouvellement convertis prennent corps. On se lève avant le radio-réveil pour voler les derniers moments de leur sommeil, les bisous, la barbe qui les pique, les dessins animés, en boucle avec les rires toujours aux mêmes endroits, les scènes qu'il faut revoir dix fois, là, juste quand les monstres ont peur des enfants. Les fulgurances aussi, les intelligences qui se forment, et la poésie : l'été dernier, au moment de gonfler les matelas pneumatiques, l'action de la pompe, son bruit rauque *ça fait de la vache, papa.* J'avais regardé dedans pour voir d'où venait le bruit, il n'y avait rien. *C'est une petite vache, invisible, papa.*

C'est eux, tout ce qui me rattache à leur famille. Qui, un jour, je le sens, ne sera plus la mienne. Préserver pour l'instant, faire comme si. Sourire encore.

Même Olivier, mon meilleur ami, ne trouve pas grâce. Ne rentre dans aucun moule, pas d'alliance au doigt, pas assez d'ambition et ses histoires de filles sur internet, le lieu de toutes les débauches, l'endroit où pullulent les sites nazis et les pédophiles, le nœud où communiquent les terroristes barbus, là encore où l'on peut acheter de la drogue et louer des prostituées, plexus de vices. De tout ça, on parle à voix basse quand les enfants sont couchés. Si je donne mon point de vue, si je l'ouvre, ne serait-ce qu'un peu, beau-papa, du bout de sa table, sourit, indulgent, *ça lui passera, c'est encore de son âge, être socialiste.*

Son monde est petit, moche, étriqué, son monde sent le renfermé, l'entre-soi, le moisi et le consanguin. Dans son monde, on ne salue pas ses voisins, mais on va à l'église. Son monde n'aime pas ce qui n'est pas comme lui, les Arabes, les juifs, les musulmans, les manouches et leurs grosses voitures, voleurs, nationalités et religions, tout se confond, tout ce qui est plus brun qu'Espagnol est suspect.

Son monde actuellement, c'est aussi le mien.

7

Demain c'est Pâques, le dimanche où on cache des chocolats dans les jardins, tout le monde a oublié pourquoi on cache des chocolats dans les jardins, mais on continue, tous, à cacher des chocolats dans les jardins. Moi le premier.

Depuis deux ans, je sors le matin, pieds nus dans la rosée pour planquer le lapin et les œufs. Je les dépose dans la pelouse, derrière les massifs ou au pied des arbres.

La course des jumeaux, petits pur-sang qu'on libère de leur starter et qui s'élancent, les mains en avant, se surveillant l'un l'autre et fouillant les buissons, à la hâte, un œil vers nous, *est-ce que je brûle ?* Les cris, les pleurs, une épine ou une chute, vite ravalés, ça ne dure jamais longtemps ce jour-là, Louise a trouvé, Sacha trépigne et Sacha, sa colère qui devient joie, lui aussi a son lapin.

Je projette de corser l'exercice chaque année, demain j'avais prévu de disposer les œufs dans le buis, à hauteur de leurs visages de petits d'hommes, mais demain il n'y aura pas de chasse aux chocolats, Sacha a très bien vu où sa grand-mère les rangeait, dans un placard de la cuisine, en rentrant du supermarché. Avec sa sœur, ils ont profité de la sieste générale pour faire leur coup, commando minuscule, ils les ont ramenés dans leur chambre, personne n'a rien entendu.

Une heure et demie plus tard, c'est Louise qui est sortie la première, vomir gentiment dans le salon, en plein centre du tapis beige.

Les enfants, ça a des caries, des angines, des otites, la varicelle parfois. Ça a aussi des crises de foie.

J'emporte le Toulemonde Bochart au pressing du Croisic, Mme Jamin, *elle travaille si bien*, me le promet pour vendredi, *ah, ces enfants, ils nous feront tourner en bourrique !*

C'est fou le vomi d'une petite fille de quatre ans, les remugles promettent d'être tenaces, je rentre toutes vitres ouvertes.

Sandrine saute sur l'occasion, elle ne peut pas laisser les enfants malades à ses parents, *ça ne se fait pas*. Et puis, elle aussi, mimétisme, ne se sent toujours pas mieux.

C'est donc seul que je rejoins Olivier et sa moitié au restaurant convenu, ils sont déjà installés, en bordure de la terrasse, devant un verre de vin.

Olivier se lève à mon approche, il ne fera pas de commentaire sur l'absence de Sandrine, je l'ai prévenu par texto, il doit même être soulagé.

Après l'accolade, *c'est bon de te revoir enfoiré*, les présentations. Bises, quelque chose comme du lilas, fleuri, entêtant.

Valentine, Sandrine aurait détesté, petite brune, les yeux grands marron, un large sourire blanc qui met des touches mutines sur son visage, une tunique violette, évasée, qui lui enserre le buste et qui finit dans le vague, comme les voiles d'un bateau, par-dessus un jean.

Et des bottes marron, comme elles ont toutes.

Les dîners avec Olivier me font penser à *Un jour sans fin*, ce film où le personnage principal se réveille tous les jours le même jour, matin après matin après matin.

Sophie, Virginie, Sarah et maintenant Valentine, les marmottes se contentent de changer de prénom, elles sont toujours jeunes, menues, presque encore adolescentes.

On fonctionne tous les deux à mi-mots, un vrai ballet, réglé au millimètre, le numéro de l'amitié éternelle qui avance sur le rail de l'habitude, ça paraît facile.

Je pose des questions, j'ai droit au tout jeune historique de leur relation, le site de rencontres, le profil déjanté d'Olivier, sa gentillesse et son humour.

Le premier café, mains qui tremblent et la promesse de se revoir. Le cinéma la semaine qui suit et le grand jeu, la botte secrète, le week-end en Italie. Rien que ça.

Olivier a omis de lui dire que les billets étaient pris de longue date, il a sans doute oublié aussi de parler de ses démarches auprès de la compagnie aérienne pour faire du billet de Sarah celui de Valentine.

Détails.

Elle n'est pas dupe, se moque, même, Venise, le panneau était gros, on n'est pas sérieuse quand on a vingt-cinq ans et qu'on gagne 1200 euros par mois.

Je l'écoute, Valentine, le petit moulin à paroles, drôle, fraîche, sans arrière-pensées en buvant mon côte-rôtie, l'addition sera pour moi, autant me faire plaisir.

La semaine dernière, Olivier m'a fait part de ses difficultés financières, *incroyable, je ne sais pas ce que je fais de l'argent que je n'ai pas.*

C'est à nous maintenant, depuis combien de temps on se connaît, comment? *C'est comme mon frère,* je laisse à Olivier le soin de s'occuper de cette partie.

À chaque fois que je rencontre une de ses chéries, j'ai vaguement l'impression que notre relation est une voiture qu'il faut présenter sous son meilleur jour.

Les mêmes anecdotes cent fois répétées, ressassées, améliorées, nos petits arrangements. Notre fiction est plus forte que la réalité, quinze ans d'amitié, on balaie les jalousies et les coups tordus, il y en a eu, cette fille qui le préférait et telle autre dont il était amoureux et avec qui j'avais couché pour le toucher, juste. On met toujours en avant les quatre-cinq mêmes anecdotes, ça fait le job, les meilleurs amis du monde.

Je commande la *petite sœur* selon l'injonction d'Olivier, *tu ne vas pas partir sur une patte.*

Je commence à être un peu ivre, le vent doux pour la saison raconte déjà l'été qui arrive.

Elle rit, Valentine, un son clair et ses yeux qui brillent.

Elle nous raconte la pharmacie dans laquelle elle travaille tout juste, le chien qu'elle rêve d'avoir, *mais en appartement, il serait malheureux*, ses parents qui sont fiers d'elle, qui ne s'angoissent plus comme avant, maintenant qu'elle a son CDI.

Je la regarde nous dire sa vie, sa voix trop grave, légèrement voilée et je me sens vieux, mon assiette est vieille, pleine de viande morte et de frites grasses quand la sienne montre du riz et le dos fluet d'un poisson orange.

Quand elle se lève pour aller aux toilettes, ses petits seins gainsbouriens en avant, l'accusation des pointes sous le tissu violet, *je suis innocent.* Olivier rapproche sa chaise, le bruit du fer sur la pierre de la terrasse.

Elle est mignonne, hein ? Le seul problème c'est qu'elle est complètement épilée, rien, pas ça. L'ongle de son pouce contre l'émail de sa dent. *Tu connais ma phobie du lisse.*

Nos rires énormes et lourds comme mes frites froides.

Et tu n'es pas sûr d'avoir la patience d'attendre la repousse.

Olivier saute de femme en femme-enfant comme on saute de pierre en pierre, traverser la rivière sans se mouiller, vite, l'interminable fuite en avant.

Déjà Mlle Bakélite revient, la discussion roule sur Robert et Jacqueline, Olivier demande benoîtement de leurs nouvelles.

En revenant vers Batz, l'odeur de vomi s'entête, je m'arrête entre deux pavillons, terrain vague.

Je descends de la voiture et j'avance vers des arbres, une sorte de sous-bois déguisé en *jaille,* le mot du père pour dire décharge : des pneus, un frigo, la porte ouverte, une épave d'Ami 6, pointue à l'arrière et des saloperies diverses et variées. Au fond de cet espace, des arbres, on dirait des noisetiers, mais il fait nuit, mais l'alcool, mais mes connaissances en botanique.

Près d'un tronc, j'ouvre ma braguette, je sens l'humide de l'herbe contre mes mollets, le lin collé contre la jambe.

Je sors mon sexe d'une main et de l'autre je masse la boule compacte de mes couilles, ma bite est de plus en plus dure, le pantalon glisse, le vent se joint à mes caresses. Je ferme les yeux, Valentine, son buste étroit, ses petits seins toujours en avance sur elle, le tout petit jardin suspendu de sa poitrine, ses jolis poignets, ses petites épaules, la finesse de toutes ses attaches et ses mains sur moi. Et sa bouche. Tout ce qu'on aurait pu faire tous les deux, s'embrasser comme des adolescents avec la certitude d'un après où les mots ne comptent plus. Tous les trois même, quand Olivier s'invite. Au mitan de cette joyeuse croisière de sexe, Valentine nous accueille en riant, ouverte et généreuse, nous sommes en elle, je regarde Olivier, nos sexes ne sont qu'à quelques centimètres l'un de l'autre. À la fin de ce voyage qui ne sera jamais, je jouis dans une feuille très douce. Aussi douce que la douce chatte de Valentine.

Le peu de moi luit sous la lune.

Une lumière s'allume dans le pavillon de droite, il est temps de rentrer. J'essuie consciencieusement mon sexe encore gros dans une feuille de Valentine.

8

Je range le Picasso le long de la route, derrière une autre voiture, le modèle m'échappe, je sais juste que c'est une anglaise, la plaque minéralogique m'y aide et le volant, à droite. Avant de traverser, je laisse passer un petit scooter, bourdon malingre qui peine à prendre de la vitesse. En face, juste là, c'est la mer, grise et immense, de la gauche à la droite, rien que de l'eau et du vent.

Personne sur la petite bande de sable qui surplombe le fracas des roches sombres, là où montent les embruns, juste après la gifle des vagues, mer têtue qui s'acharne contre le granit déchiré. De cette lutte quotidienne, mille et mille fois répétée, rien ne sort, si ce n'est la lente érosion, invisible pour le commun, il faudrait vivre des années encore, vieux, très vieux, pour en apprécier le résultat.

Pourtant, je ne me lasse jamais du spectacle, toujours le même et toujours un autre, à chaque fois un calme absolu entre en moi, et grandit jusqu'à prendre toute ma place. Je marche sur le chemin dessiné par des piquets de bois, apaisé, l'extérieur est en guerre et moi pas. Il est tôt, mais le soleil est là, déjà, qui promène sa brûlure délicate sur mon visage tendu.

Un joggeur me dépasse, en sueur, casque sur les oreilles ; je ne l'avais pas entendue, sa foulée couverte par le bruit des explosions de sel.

Les poings dans les poches, je descends le long du sentier qui fait des détours pour suivre la côte.

Je reviens de la boulangerie du Pouliguen, trois baguettes et du pain de mie, consigne de belle-maman, *aujourd'hui, pas de viennoiseries pour les enfants.*

Je passe devant le blockhaus, dent de béton qui abrite un musée, sinistre témoin, jamais mis les pieds, sa présence me suffit, me renvoie à des récits d'un autre temps, pourtant pas si ancien.

Un peu plus loin, tout en bas, dans une petite crique, caché derrière une jetée en béton qui reprend, caméléon, la même couleur que les rochers autour, le café en préfabriqué, but inconscient de ma promenade. La terrasse est à peine installée, je sors mes mains serrées de leur domicile de tissu et je pose mes clefs sur la table en fer. Le café arrive vite, brûlant, j'ai besoin de ces petites coupures, venir seul face à toute cette eau, l'eau, cette inquiétante amie. Sa colère impuissante, même les plus grosses tempêtes n'ont rien pu faire pour empêcher un vulgaire Algeco de la toiser.

Le café n'est pas très bon, ma moitié de gueule de bois ne doit pas y être pour rien, mais le paysage suffit. Déjà des petites hordes s'agglomèrent sur la langue de la plage. Il est temps de rebrousser et de retrouver l'obèse peintre à quatre roues.

J'en ai mis un temps pour ramener le pain, *on va rater l'office.*

Les enfants vont un peu mieux, mais pas question de les emmener à l'église, je me dévoue pour rester à la maison. Peut-être avec un peu trop d'abnégation pour être tout à fait honnête, mais personne n'a l'indélicatesse de relever. Personne, en l'occurrence, c'est Sandrine, debout dans le couloir, interminable, elle doit avoir le vertige chaque fois qu'elle se lève, lui interdire à l'avenir de porter des talons, Sandrine qui passe déjà son petit imper beige.

La messe de Pâques, pas fâché d'y échapper, ses travées à moitié vides, l'obscurité malgré les vitraux aux motifs effrayants, Dieu n'autorise pas tout. Et les petites toux, sèches, des vieux. Toute l'année, j'en suis sûr, même l'été.

Les enfants dont les pleurs résonnent, pointus, qui couvrent un instant la monotone liturgie et qu'on éloigne sous l'œil furieux des vieilles veuves bleu marine, *pardon d'avoir introduit un peu de vie dans la maison de Notre Seigneur.*

Parfois, en pleine messe, celles qu'on ne peut pas esquiver, les mariages, ou les autres, plus obligatoires encore, qui précèdent les enterrements, je souhaite être musulman ou juif pour voir si derrière toute cette poussière il y a Dieu.

Mais quand j'en sors, catholique dissident, je me prends la première affiche Bonduelle, vulgaire et bien criarde en pleine figure, absurde, presque une déclaration de guerre. Le sacré est donc quelque part au fond de moi, je suis chrétien, baptisé, et mon catéchisme, et puis la première communion, celle qui apporte une montre, remise par le père dans un emballage orange, j'en voulais une à quartz, j'avais dû me contenter des aiguilles de celle-ci, même pas Seiko.

La totale, tout le parcours fléché, ne me manquent plus que les caresses de l'abbé, je suis chrétien, autant que les quelques octogénaires qui finissent de sécher sur le perron de l'église.

On rentre moins vite à cet âge-là.

Il faut être honnête cependant, la tension dramatique d'une séance dominicale est inégale, il y a des longueurs, des moments où l'imagination nous échappe, une messe, ça peut durer plus d'une heure, c'est en direct, on ne peut rien couper au montage, pas même les hésitations du père Palot, ça ne s'invente pas, celui qui aime trop le muscadet.

Il faut bien s'occuper pendant ces minutes molles, qui s'étirent à l'infini : une fourmi qui se promène dans la tête d'une vieille bigote, voilà une diversion, un sacré remède contre l'ennui, slalomant entre les cheveux rares et violets, il arrive un âge où toutes les femmes ont les cheveux violets, ou roses, ou bleus, RégéColor et collier de perles. Il suffit de se rendre à un spectacle de Robert Hossein, de regarder les dames dès leur descente de car, pour avoir toutes les teintes possibles, sauf le jaune, qui ne doit pas correspondre aux critères en vogue. Ne leur dites pas qu'elles sont punks et que le futur est derrière elles.

Je suis les détours, les voyages et les révolutions de l'insecte, je commente ses choix erratiques comme une compétition à la télé, Sacomano de la fourmi, et quand elle disparaît dans les plis du manteau, sous les cheveux de la nuque, j'ai gagné dix minutes. Et un fou rire.

Il y a cependant des instants que j'attends, *prenez page 121.*

Le silence, les quelques raclements de gorges qui cherchent l'écho sous la voûte de pierre et puis une voix douce qui s'élève.

Écoute écoute, les pas du Seigneur vers toi,

Rejointe par des dizaines d'autres, qui donnent au chant son visage définitif, anonyme et invariable quelle que soit l'église ou l'assemblée.

Il marche sur la route, Il marche près de toi.

Et le refrain, la voix appliquée du début, seule, la même dame depuis des années, sa vie qu'on imagine centrée autour des messes, *quel chemisier je mets ?*

Souvent, en fin de messe, je ressens de la gêne, c'est trop long, les prêches sont parfois obscurs. Le trouble aussi quand Dieu parle d'amour, qu'il en fait trop dans la bouche du père Palot, qu'on n'y croit plus du tout, que ça fait presque rire, les ficelles qui sont grosses.

Dans ces moments-là, je compte les hommes dans l'assistance, c'est vite fait, exercice intéressant : à partir de soixante-dix ans, il y a une vraie pénurie de mâles. Mes plus belles années sont peut-être devant moi, ça doit valser dans les maisons de retraite. À condition de boire un peu moins, de manger cinq fruits et légumes tous les jours, de faire un peu d'exercice et bien sûr d'abandonner les drogues, même les douces, à moi les joies de la fellation sans les dents.

Je regretterais presque de ne pas être allé à l'église.

Je me sers un verre de blanc et selon le même principe rugueux qui consiste à *rallumer la chaudière,* je donne à chacun des jumeaux, *ça sera notre secret, promis ?,* deux des chocolats rescapés de la razzia de la veille.

Personne n'a à en souffrir.

Et quand les vrais catholiques rentrent, ils nous surprennent en pleine partie de chatouilles.

9

Les lits identiques sont distribués de chaque côté de la fenêtre, symétriques. En face, une frise avec des ours court tout le long du mur, à mi-hauteur, comme si on n'avait pas voulu choisir entre les deux seules options raisonnables : plutôt plus haut ou plutôt plus bas. Ça fait un partage équitable, l'en deçà égale la partie supérieure et c'est proprement ridicule, même les petits ours semblent s'en apercevoir, qui font la gueule.

Dans chaque petit lit, il y a un jumeau, je n'aime pas utiliser ce terme, je milite pour le frère, la sœur, à la rigueur *jumal*, qui permet d'en faire deux individus séparés. Peine perdue, Sandrine les appelle toujours *les jumeaux*.

Sous la couette rose, il y a Louise, en face, dans le bleu, c'est Sacha ; pas de risques qu'il y ait de surprises, belle-maman était si contente, elle qui n'arrivait pas à se résoudre à ne pas acheter de poupées si c'était un garçon, *le choix du roi, en une seule fois*, j'en ai entendu parler.

Ils sont tous les deux calés et attendent l'histoire. C'est l'heure, Lou a déjà les yeux qui tombent, le marchand de sable fait son boulot et facilite le mien.

J'ai pris un livre, très grand et très rouge, avec un scarabée en couverture, je m'apprête à en faire la lecture, Sacha m'arrête, *papa, l'histoire de Janot s'il te plaît,* et Louise, les yeux en grand, *Janot, oui s'il te plaît papa.* Va pour Janot, un lapin, comme son nom l'indique, c'est déjà assez compliqué d'inventer des histoires, j'ai besoin de points de repère stables.

Je dois faire attention à ce que je raconte, ils sont vigilants, ne pardonnent pas la moindre erreur, ce sont les biographes officiels de Janot, lapin idiot.

Parce qu'il est bête ce lapin, c'est même le principe, à cause de ses oreilles qui laissent tout partir vers le ciel, les idées, les pensées et les souvenirs. Il faut qu'il les noue pour garder son bon sens de lapin mais il oublie si souvent, le matin. C'est le début d'une aventure, Janot se réveille bien tard, il n'a pas beaucoup de temps pour prendre son jus de betterave ; il est allergique à la carotte, c'est con pour un lapin, mais ça arrive, j'ai bataillé pour les betteraves, essayez d'imposer un peu d'inattendu à de minuscules censeurs, j'attends l'arrivée du second degré avec impatience ; Janot, à la bourre donc, saute dans ses habits sans même attacher ses oreilles, grave erreur, je dramatise, tout est dans la voix à ce moment-là. Il déboule au bureau, il travaille dans l'administration des impôts, il est chargé de vérifier que toutes les carottes sont vraies, que personne n'en fait de contrefaçon. Pour cela, il doit les renifler une à une, ce qui déclenche d'énormes allergies, il prie pour tomber sur des fausses carottes, que ses pleurs se calment, mais c'est rare, toute la journée il renifle, c'est son métier. C'est le seul lapin allergique de toute la Cunilie, littéralement le pays des lapins, c'est sa chance et son calvaire. Je me demande d'ailleurs si je ne leur présente pas le monde du travail de façon trop caricaturale et négative. Il faudra aussi un jour que j'éclaircisse cette proximité suspecte entre la racine latine *cuni* et l'autre, celle qui est à la base de cunnilingus. Pas pour les enfants, juste pour ma curiosité.

J'en étais à Janot, je m'égare, qui arrive au bureau, ses collègues sont morts de rire, son patron, l'ignoble Dineau, tellement vieux que tout le monde l'appelle Dineausaure, qui le convoque et notre ami, au milieu, un peu niais, les oreilles tombantes, qui ne comprend rien.

Et toujours avant la chute, j'ouvre le débat, mais qu'a pu faire l'idiot animal ? Une sorte d'interactivité familiale, la version 2.0 de l'histoire avant de dormir. Ça fuse, des hypothèses les plus délirantes, *il est venu travailler tout nu, il s'est habillé en fille, la honte, il s'est trompé de travail,* aux plus sages, *il a mal travaillé hier, rien, c'est les autres qui sont méchants*... Je choisis l'alternative la plus drôle, la moins attendue, j'essaie d'être équitable, une fois Lou, une autre fois Sacha, ce qui n'est pas très facile. D'autant que Louise prend chaque semaine un peu d'avance, ses chutes sont de plus en plus loufoques, le regard qu'elle a quand je choisis une de celles de son frère, pourtant moins bien sentie. Mais qu'est-ce qu'il faudrait que je fasse ? Je ne vais quand même pas faire des groupes de niveau.

Je dois les protéger, corriger les inégalités, mais aussi les stimuler, les encourager. Ça doit être plus simple quand ils sont juste frère et sœur.

Vient ensuite l'heure du bisou, qu'il faut avoir fait en dernier, ultime bataille de la journée et puis c'est la lumière qu'on éteint, *à la semaine prochaine mes chéris, demain papa retourne travailler à Paris.*

10

L'hôtel, j'étais passé des dizaines de fois devant, en bus comme à vélo, je ne l'avais pourtant jamais vraiment regardé. Une grosse bâtisse rectangulaire, sans charme, aux murs beiges et aux volets marron. Rien ne la distingue des maisons autour, architecture des Pays de la Loire, sauf l'enseigne prune, néon énorme, au titre ici déplacé. Dans la presque zone industrielle, *Au Dormeur du Val*, proximité de la petite rivière de la Chézine et du vallon du même nom oblige, clin d'œil à Rimbaud, appuyé, incongru. Décalé et paradoxal, comme un collège Baudelaire ou un lycée professionnel Raymond Queneau.

Le premier r de *Dormeur* est éteint, sonorité étrange.

Je pose l'auto sur le parking réservé à la clientèle, manière de pari sur l'avenir.

J'ai de la chance, *il reste une chambre, un désistement, avec ce colloque sur les polymères.* Forcément *elle ne donne pas sur le parc, vous restez longtemps ?*

On me remet un porte-clefs en laiton, deux fois trop grand pour la plus grande de mes poches, impossible à perdre, s'il tombe sur le trottoir après vingt-deux heures, je peux avoir des problèmes avec la police. La clef est toute petite.

Je dois monter moi-même mon bagage.

La chambre ressemble à l'idée que je m'en étais faite en voyant sa façade, encore dix ans et elle sera furieusement à la mode, en attendant elle attend, coincée entre deux époques. Sûr que quand elle sera à ça de figurer dans les magazines de décoration avec ses meubles début des années 80, on la refera à grands frais, qu'elle reste anonyme, au milieu du peloton, plantée entre l'arrière et l'avant-garde. L'endroit idéal pour préparer un suicide, baiser une collègue un peu forte ou prendre son élan avant d'aller retrouver sa mère.

Je ne défais pas mon sac, je m'assois sur le matelas médiocre, mou au milieu, je déteste, j'en ai déjà mal au dos.

11

Je ne fais rien de ce reste de journée. En bas, près du réfectoire, j'imagine qu'il faut parler d'un restaurant, mais tout, l'odeur des crudités et les verres en Pyrex, *tu as quel âge ?*, me ramène à la cantine, sur une étagère, seul, j'ai trouvé un exemplaire de *Partage de midi*.

En le feuilletant, je me suis vite rendu compte qu'il s'agissait d'une pièce de théâtre, tant mieux, les romans quel ennui, trente lignes pour dire le dégradé des couleurs d'un ciel d'été, c'est long, au bout d'un moment je décroche, je ne sais plus ce que j'ai lu, je dois recommencer. Je préfère de loin les poèmes, leurs petits vides entre les mots, qui racontent bien mieux la vie.

Assez vite pourtant, je déchante, il n'est question que d'amour et de voyage en Chine, je saute des pages et Dieu par-ci et Notre Père par-là. Le Très-Haut est partout, je ne suis pas loin de penser qu'il a quelque chose à me dire, peut-être une mission à me confier.

C'est le son d'une télé, forte et sourde, qui me réveille. En me concentrant, je parviens à identifier un jeu télévisé, les applaudissements, le bruit d'une roue qu'on tourne, le genre de jeu qu'on regarde en attendant le journal.

Je téléphone à Sandrine avant que les enfants ne se couchent, *il fait beau, la plage, les enfants vont mieux, chez moi ça ne passe pas, la sensation d'avoir un parpaing dans l'estomac, ce soir maman nous a fait du riz blanc. Et toi ?* Un silence et puis mes mensonges. *J'ai fait bonne route, les bouchons en arrivant, les Parisiens sont en vacances, il n'y a personne.*

Le bisou, la guerre pour le téléphone des deux trolls passablement énervés, *profitez bien de vos vacances, oubliez l'école et ne soyez pas trop sages.*

Et c'est de nouveau le presque silence. Je me concentre sur ma langue, j'ai l'impression que rien ne m'empêche de l'avaler, qu'il suffirait d'un instant d'inattention pour qu'elle s'enroule sur elle-même, serpent-scorpion, et qu'elle se faufile dans ma gorge. Elle attend que je m'endorme pour ses silencieuses reptations, m'étouffer, m'obstruer de sa présence, ma langue a des idées derrière la tête. Je lutte dans ce demi-sommeil, je sais que quelque chose en moi, un muscle rose veille et guette le moment où ma garde sera baissée pour déclencher son attaque. J'envisage des stratagèmes dont je ne me souviens plus la seconde d'après, je perds du terrain, il faudrait que je la pince entre mon pouce et mon index, je m'enfonce encore plus loin.

Quand je suis tout près de perdre le contrôle, d'abandonner, mon corps se cabre, un influx nerveux, comme une décharge électrique me traverse, ma jambe se soulève.

Je suis assis dans le lit.

J'entends le générique du journal, il ne s'est passé que quelques secondes, quelques minutes, à peine. Toute une guerre contre soi en si peu de temps.

J'ai gagné, ma langue se rend.

Je sors de la chambre et je dépose mon somnifère de papier sur son rayonnage, étrange toute petite bibliothèque.

Je ne peux pas décemment demander au réceptionniste où trouver un endroit pour bien manger, j'ai trop peur qu'il me montre la salle d'où ricochent maintenant des rires et des bruits de couverts.

Je suis parti pour rouler des heures avant de me décider à me poser quelque part. Je le sens.

Et puis viendra la nuit qui ne servira qu'à attendre demain.

12

Il est dix heures, pétantes, les trois bips à la radio, quand j'arrive devant la maison ; j'arrête la voiture suffisamment loin pour ne pas éveiller les soupçons. Je me sens en mission, je souris brièvement, mais déjà les rideaux s'écartent chez les voisins, il n'aura fallu que quelques minutes, mon activité, ne rien faire, est suspecte.

J'ouvre mon sac et j'en sors des dossiers que j'étale sur le siège passager, un stylo surligneur orange, j'ai bien fait, le portail de fer forgé, devant lequel je suis posté, s'ouvre, laissant passer un homme, corpulent, renfrogné de façon excessive, un chien, petit caniche noir, en laisse. Et les voilages qui continuent de bouger, l'ombre menue d'une femme, sa petite surveillance. L'homme cherche dans sa poche, un briquet, pour rallumer un mégot de maïs, le jaune de la clope lui rend les dents singulièrement blanches. Il passe en se penchant de façon exagérée, scrute l'intérieur de l'habitacle, je lui souris, il ferme les lèvres et passe son chemin. La femme s'éloigne du blanc des fenêtres.

Maintenant que je suis toléré, je dois prendre mon mal, attendre, en patience. Il ne passe personne par ici, pas de piétons, peu de voitures. La maison de ma mère reste coite, fermée dans ses volets, incongrue forêt dont on mesure bien les limites, nettes, de part et d'autre, du mur d'enceinte. Chez les voisins de droite comme de gauche, les rosiers sont taillés, le prunus équilibré, la pelouse, vert pâle d'un côté, tendre et ray-grass, plus foncé de l'autre, est rase, lisse, on cherche même des yeux le drapeau marquant l'arrivée sur le green.

Au contraire, au centre, fouillis, tout déborde, les branches s'entremêlent, chargées d'un liseron épais qui les fait ployer, on perçoit même les herbes hautes au-dessus du petit portillon, j'imagine le cycle infini, la pousse, l'été qui grille et puis octobre, sa pluie, les flaques et le pourrissement, averses et boue, la lente disparition, entérinée par l'hiver, sans pitié et le printemps à nouveau, les petites fusées vertes qui repartent à l'assaut du ciel, vie et mort d'un gazon.

J'ai presque terminé de colorier de cet orange pâle les quelques feuilles que je ne lis même pas quand la porte d'entrée de la maison que je surveille s'entrebâille. À force de la regarder cette maison, là, maintenant, de l'autre côté de cette rue, ce qui me frappe c'est son étrangeté, comme si le fait de la regarder sans considérer autre chose pendant plus d'une heure augmentait à la fois sa familiarité, je la reconnais, comme si je ne l'avais pas quittée, et accroissait en même temps ce sentiment de la découvrir comme si c'était la première fois. Elle est étrange parce que trop familière et trop étrangère à la fois.

Ce double mouvement absurde n'en finit pas de s'augmenter, mettant l'angoisse sur sa rampe de lancement, la poitrine qui se serre, le vide, et le cœur qui s'emballe. La mère est maintenant dehors, un antique cabas à roulettes devant elle, elle le pousse, posture incommode, le long de l'allée, sur les dalles envahies par l'herbe, dans l'à peine filet sinueux, espace libre de végétal. Il lui faut deux minutes pour parcourir les dix mètres qui la basculent sur le trottoir.

Elle se dirige vers la droite, son manteau mal fermé, noir et ses collants crème, petite silhouette de film muet, je mets le contact, les voilages bougent à nouveau, le chien promené, vidé et rentré depuis au moins trente minutes, la tentation est grande, *qu'est-ce qu'il fout dans sa voiture, immatriculée 92, un commercial sans doute, mais c'est long quand même, j'appelle les flics ?*

Stabilo dans la bouche, je démarre, clignotant, la descente du trottoir juste avant le bateau, quelques feuilles glissent au sol, je double la mère, doucement, je la regarde, long travelling semi-circulaire, je me souviens de cette émission sur Antenne 2, avec ce réalisateur, son nom m'échappe, les différents mouvements de caméra ; c'est ce que je vis, là, au ralenti, je tourne la tête, j'en fais le tour, d'abord le dos et puis le profil et ensuite, la tête complètement retournée, je la vois de face, j'ai fait le tour de ma mère, les cheveux, les yeux et la bouche qui ressasse, en roulant très doucement, heureusement. Je manque de très peu la jante sur la haute marche de granit, un coup de volant pour redresser la voiture, ma mère déjà petit point dans le rétroviseur.

Un peu plus loin, je m'arrête à nouveau, je sais où elle va, elle se dirige vers le primeur, je la laisse me doubler, prendre un peu d'avance, et puis je bouge, saut de puce, je m'arrête encore, elle me double une nouvelle fois.

Elle est maintenant devant l'étique étal du marchand qui met ses légumes sur le trottoir. Rien n'a changé, à peine la silhouette du patron, ses vêtements trop grands. Du basique, des pommes de terre, des carottes, elle en saisit une qu'elle regarde longuement, mais aussi des poireaux et des choux. Rien d'exotique ni de recherché, la base, l'utile, l'agréable semble ailleurs.

Je roule un peu, dans ces larges avenues vides, je passe devant le collège, les terrains de tennis, celui de football a disparu, mangé par la spéculation immobilière, un petit lotissement ridicule, maisons témoins qui se succèdent, tentative de gazon à l'américaine, mais les petits murs qui séparent les jardins, nous sommes en France. Je longe le parc derrière l'hôtel, vaste blessure verte infligée à la ville, au loin le phare, blanc et bleu, monumental, pyramide de béton, haute de presque cent mètres, en forme d'escalier. Le Sillon de Bretagne, geste d'architecture folle, les années 70 et les impératifs contradictoires : loger le maximum de gens, mais briller aussi, s'élever, juste avant le choc du pétrole, concours de béton, comme un concours de bite, les élus le pantalon sur les genoux, pisser toujours plus loin.

Le bâtiment meurt dans les arbres, les escaliers de sa façade descendent de plus en plus bas, sur plus de 800 mètres. Quatre mille personnes y habitent, y travaillent, d'abord la classe moyenne, un Premier ministre de la République y a vécu quelques années, jeune marié. Et puis, de ravalements ratés en concentration d'une population de plus en plus déclassée, le lieu a fini, raccourci des banlieues, par avoir mauvaise réputation. La petite bourgeoisie de la périphérie ouest ne s'y aventurant plus que pour lécher les vitrines de la hideuse route de Vannes, But, Cuir Center, Darty, Truffaut, PicWic à ce que je vois, longue litanie colorée, obscène, les parkings vides, Gifi des idées de génie, le fond du seau, Courtepaille la tristesse,

Castorama, piscines Caron, presque en ordre alphabétique. Les parkings déserts, siphonnés par Atlantis, la gigantesque zone commerciale à moins de trois kilomètres.

Déclin de cette périphérie qui avait pourtant participé à celui du centre-ville, le désert avance, paradoxalement, à mesure que le béton et les lampadaires, minimalistes, design, déplacés, gagnent du terrain.

Ces lumières droites, rigides girafes de fer, sont les éclaireurs du vide, les marqueurs de la pourriture urbaine.

Je pourrais pousser, tout au bout de cette verrue ouverte, cette avenue qui a inventé la laideur, jusqu'à la grande surface qui ne s'appelle sûrement plus Mammouth, prendre un chariot et parcourir les rayons accroché derrière, le remplir avec des boîtes de gâteaux, de l'eau, deux ou trois packs, avec des bulles, des fines, du produit pour laver le sol, j'hésiterais entre tous les parfums, pin, ça a l'air bien, des sacs-poubelle, on a toujours besoin de sacs-poubelle, je pourrais faire semblant d'acheter tout ça. Et tout abandonner avant de passer à la caisse.

13

Je suis le premier client, le rideau de fer est à peine levé quand j'arrive. Mardi, huit heures dix, c'est leur début de semaine. J'ai repéré ce magasin hier soir, bien la peine de parcourir toutes les rues pour échouer dans une pizzeria lambda, derrière le passage Pommeraye fermé déjà ; rien d'exceptionnel, Regina acceptable, à part les fesses de la serveuse, élastiques, dans leur pantalon noir, la ficelle du string, orange, qui profite de la taille basse pour me sauter au visage, fascinant. J'ai décidé que ces fesses étaient celles de Valentine.

J'ai passé le temps du dîner à faire mine de rien, j'ai même pris un dessert pour prolonger ce petit moment de grâce.

En marchant, triste promenade digestive, dans les rues désertes, Nantes en semaine passé vingt et une heures, c'est pas la franche déconne, je suis tombé devant ce magasin d'un autre âge. *À l'habit du professionnel,* tabliers de cuisinier, bleus de travail, vestes de serveur avec les poches à billets devant, il y a tout pour se déguiser en travailleur. Même des casques de chantier. Tout est gentiment posé sur des mannequins, bien plus vieux, petits et rigides que ceux des autres devantures.

Dans ce magasin, je prends un pantalon et une veste, assortis, verts, ainsi qu'une grande boîte rectangle en cuir noir, grosse besace de quarante centimètres de long avec une sangle. En cuir aussi.

Je sors trois billets de cinquante euros pour régler.

14

La sonnerie me ramène vingt ans en arrière, le même timbre, droit, agressif, pas un de ces carillons à plusieurs notes rondes qui résonnent longtemps dans le silence d'ensuite, non, un son efficace, qui part d'un point A, bien résolu à trouver son point B sans se perdre, un son fonctionnel, qui n'aime pas les circonvolutions.

Mais rien.

Je m'étais préparé à ce rien. J'avais prévu qu'il faudrait sans doute essayer plusieurs fois avant de pouvoir la rencontrer, lui parler, drapeau blanc bien en vue, pas de gestes brusques, le sourire franc et, si on me donne l'occasion de l'utiliser, la voix claire. M'avancer de plus en plus, la laisser s'habituer à ma présence, entrer chez elle pas à pas.

Il ne s'agit pas d'apprivoiser un fauve, c'est bien plus difficile.

Y revenir.

15

J'ai déjeuné dans un fast-food, grignoté quelques nuggets, je n'avais pas faim dans ma drôle de tenue, ouvrier en pause, je redoutais la seconde tentative, pire que la première, maintenant que je savais le bruit de la sonnette et l'attente.

Deux coups brefs, je donne sans le vouloir, mon doigt a hésité.

Je ne sais pas bien à quoi m'attendre, le calme qui suit est insupportable.

Pire encore, le pas léger qu'on dirait appliqué à faire le moins de bruit possible et qu'on remarque justement par sa tentative très échouée de discrétion.

Plus encore que ce matin, le cœur qui déroule, galopade irrégulière, pleine de trous et d'arrêts, d'accélérations et de rebonds.

Une petite ombre pixélisée s'approche, la porte est en verre, sablé, épais, qui ne laisse entrevoir que les formes. Celle qui arrive est petite, dans les bleus et s'agrandit au rythme de ses pas, hésitante, elle se balance de droite à gauche. Elle s'immobilise enfin, une éternité plus tard. J'entends la serrure qui joue, puis une autre, enfin une troisième, précautions de vieille femme. La porte s'écarte de quelques centimètres, bientôt retenue par une chaîne d'acier qui se tend.

Quelques centimètres et autant de secondes de vide avant que l'espace ne se remplisse. De cheveux jaunes et longs, pas très fins, grossiers fils de pêche, d'une paire d'yeux juste en dessous et de peau ravinée, autour. De pilosité aussi, véritable contrefaçon masculine, le menton surtout. De plus près, les yeux me semblent encore plus petits que l'autre jour, plus fixes aussi, peut-être le manque de place les force-t-il à restreindre leurs mouvements. La bouche s'ouvre, découvrant une improbable rangée de dents, jaunes et plâtreuses, des trous çà et là, mats et noirs, comme les touches d'un vieux piano, la vie qui perd des points. La voix qui s'en échappe, ferraille éraillée, met quelques mots à se stabiliser et à devenir audible. La phrase est déjà bien lancée, curieux sabir aux intonations familières, avant que, doucement, le sens n'émerge.

Et c'est déjà la fin, elle attend une réponse.

Je montre mon bloc, c'est la première fois depuis vingt ans que je lui adresse la parole, je tousse, abdominaux contractés, l'étrange sueur entre les omoplates, c'est plus difficile que ce à quoi je m'étais préparé, et puis quand je n'y crois plus, la phrase, sa mécanique apprise et répétée me sort tout entier du vide où je disparaissais : *je viens relever le compteur d'électricité, madame,* je parle haut, *mais vous pouvez remplir vous-même le formulaire,* j'ajoute, quand je sens la porte se refermer. Complètement.

Deuxième échec.

À part crier *maman, c'est moi, comment tu vas ?* je n'ai pas de plan de rechange.

Je ne sais pas quoi faire, je ne fais rien, j'attends, je n'existe plus, pierre, végétal, immeuble, tout en moi est lourd et profond, définitif, l'air est sorti de mes poumons, n'y revient pas, l'impression que mes paupières raclent la surface d'un mercure blanc en se fermant, obscurité, rideau, noir. J'attends que la réalité prenne acte de ce qui est en train de se passer, une fois que la seconde se sera entièrement écoulée et qu'elle sera bordée du silence nécessaire. C'est long.

Mais ça n'arrive pas.

Le bruit de la chaîne qu'on décroche et la porte qui s'ouvre largement.

La mère, entière, face à moi.

La mère comme jamais. À moins d'un bras.

La mère, petite, plus encore que dans mon souvenir.

Dans une blouse bleue, tachée, les fleurs du tissu effacées, les coudes en charpie, des guêtres en laine, jadis beiges.

La mère, sa tonsure sous ses cheveux en nylon.

La mère, ma mère.

Les sons du dehors, les oiseaux, les voitures, même le petit bruit du silence, tout ce qui s'était arrêté, la réalité, son petit clapotis, reprend.

Et quand elle se tourne dans une phrase où il est question de compteur, ma mère, la bosse de son dos, elle marche courbée, doucement, la tête en avant, comme pour écarter les obstacles. Les chaussons, des charentaises, glissent sur le carrelage souillé.

Ma mère, la lenteur du ski de fond.

Je ferme la porte derrière moi et j'avance vers l'obscurité, l'odeur me prend, forte, poussières figées, draps moisis, aliments semble-t-il, largement suris. Un mélange où surnagent la pourriture et l'urine, comme si, jour après jour, on avait pissé dans des bacs pleins de feuilles de salade. Une odeur épaisse et piquante, mauvais vin, long en bouche, qui n'en finit pas de surprendre et de se transformer.

Il me faut quelques instants, je m'arrête, pour distinguer ce qui m'entoure, les masses de chaque côté, même ici, dans le vestibule.

Des empilements, des objets, les uns sur les autres, sans logique particulière, des journaux par centaines, un parapluie, des pierres ici, une casserole, là des livres, un pied de lampe et des cartons. Entassés jusqu'à hauteur d'épaule, défoncés, éventrés, qui révèlent la banalité de leur contenu par leurs boursouflures percées : des cahiers, des chaussures, d'homme comme de femme, dépareillées et vieillies, cuites et déformées, le cuir comme déshydraté, momies de chaussures, des sacs de supermarché, cumulonimbus de plastique, plus loin, des réveils, un début de collection, des ronds en fer-blanc, des petits, carrés, en bakélite, d'autres encore plus récents aux couleurs pétantes, un rempart de bouteilles d'eau et tout le long, mur après les murs, des caisses, des boîtes, un éboulis ici, avalanche de pelotes décoiffées.

Tout est assourdi, le bruit de mes pas, dans ce couloir au milieu du couloir, les semelles qui collent, comme un bruit de chair et la résistance qu'on sent quand il faut arracher son pied pour le lancer plus loin. Avancer.

Je la suis, je sais où elle me précède. Elle enjambe, interrompant son glissement régulier de fondeuse, oui, il faut enjamber, le mince corridor est par endroits envahi, la faute à la gravité, à l'instabilité des entassements, au carton aussi, qui n'a jamais été pensé pour résister à de telles conditions. Je jette un rapide coup d'œil dans une chambre, ce qu'il en reste, la tapisserie avec ses animaux orange, éléphant, singe et les fleurs pâlies, pour ce que je peux en voir, la plupart sont dérobés à la vue, encore des cartons qui vomissent des vêtements qu'ils ne parviennent plus à contenir, les couleurs, un florilège des années 80, des sacs-poubelle encore. Au milieu de cette pièce, un espace est préservé, celui d'un matelas d'enfant, recouvert d'un épais patchwork inachevé, beaucoup trop court, même pour ma mère. Il cache mal la toile épaisse, coton gris, son nu gras et ses souillures sombres comme autant de tatouages aléatoires. Les plus anciens sont gris, incorporés, assimilés, et les autres, on les voit qui dégueulent leur ombre profonde, ils n'en peuvent plus de la surface.

C'est là qu'elle dort.

La structure en bois du petit lit blanc est rangée, insolite verticale, contre le mur. Elle disparaît presque entièrement sous la mer immobile d'immondices, de vieilleries et d'objets sans autre intérêt notable que le tableau qu'ils composent un à un.

Et toujours et partout, l'atmosphère corrompue livre ses notes étonnantes : fragrances de fruits blets et de fleurs flétries, effluves de charogne et ce persistant relent de merde, puisqu'il faut l'appeler par son nom. Une exhalaison doucereuse, qui finit par envahir la bouche, sucrée, presque un arôme. Cet air vicié, tantôt miasmes de vieillard, tantôt pets trop longtemps refoulés, c'est l'étrange haleine de la maison, dont la dominante ne cesse de changer, pareille à la température des courants marins, plus basse quand on fait un pas à droite, mais qui remonte bientôt.

Dans toutes les pièces, le relief obéit à des règles identiques, dictées par la logique de la sédimentation, au centre rien ou presque, en tout cas, rarement plus haut que le mollet, un étroit passage permet de faire quelques mètres, puis, quand on s'éloigne du cœur, l'altitude change, d'abord les collines puis les Préalpes. Et enfin, les sommets qui tutoient les plafonds, stalagmites qui dansent de tous leurs contours accidentés. On comprend ici ou là quelques glissements de terrain, un carton déformé qui ne retient plus ses intestins de feutre, une camarguaise, en plein centre de la vallée alors que sa jumelle est restée en équilibre tout là-haut.

J'ai l'impression d'avoir autant de liberté qu'une rivière, je dois me contenter de suivre le chemin que la géographie m'ordonne. On m'impose le sens de la visite, comme dans ces grands magasins bleu et jaune, avec leurs meubles de Suède, j'évite de justesse un radiateur, rouillé, en plein dans le passage. Je suis à la croisée d'Ikea et d'Emmaüs.

On dit que les lieux de l'enfance ont toujours l'air plus petits quand on y retourne avec des yeux d'adulte. Ce couloir au contraire me semble interminable, ralentis que nous sommes dans notre progression, ma mère trottine et escalade, petite chèvre au pied agile, et se retourne de loin en loin. Ma besace me bat la cuisse, il faudrait que j'en raccourcisse la sangle.

Enfin c'est la porte qui mène au garage, la mère peste et s'agrippe à un sac qui obstrue le passage, elle se le coltine, match silencieux, bien décidée à ne pas se laisser arrêter et, contre toute attente, le monte sur sa hanche avant de le déposer délicatement, au ralenti presque, entre deux énormes et antiques valises que je ne reconnais pas.

Elle tâtonne, derrière la porte c'est l'obscurité totale, écheveau serré de laines noires, l'interrupteur qu'elle fait jouer, son clac qui n'est suivi d'aucune manifestation particulière.

Fiat lux comme un pétard mouillé.

Après deux autres tentatives, elle se rend à l'évidence et abandonne la partie.

Je vais m'en occuper, c'est ma mission, la première de beaucoup d'autres, électrique celle-ci, *ça va aller maman, je suis là*, tout bas, si bas que je doute l'avoir prononcée, cette dernière phrase.

Elle me laisse passer et s'en retourne, périlleuse randonnée, je suis seul dans le noir.

Mon Sony Ericsson en main, sa courte lueur bleue ne m'est pas d'un grand secours dans ce garage que je croyais connaître. La table de ping-pong, en plein milieu, sert de meuble de rangement, de part et d'autre du filet, ma main rencontre une matière molle et cylindrique, froide et lisse, un rouleau de tapisserie, puis un autre, un nid, ils sont peut-être une dizaine. Des bouteilles de verre, à moitié pleines si on est du genre optimiste, de la paille, des coussins et des cartons, encore des cartons.

Un autre radiateur, un début de complot, suspend ma progression aveugle, mon genou s'écrase contre une de ses arêtes. C'est au moins de la fonte. Inutile de s'étendre sur la douleur qui envahit toute la jambe, le téléphone que je broie, les dents que je serre et malgré tout, les mots qui franchissent la barrière d'émail, des jurons pour la plupart. Les nerfs sont une chose complexe, comment un choc si peu violent peut provoquer un tel supplice ? Selon quels mécanismes une douleur au genou se transmet-elle à toute la poitrine quelques secondes après, pourquoi l'immobilité forcée me semble de nature à accroître encore son intensité ? Extrême souffrance, qui au lieu de se dissiper n'en finit plus de se dépasser et qui fait de l'acmé d'une seconde le plancher de celle qui suit.

Il faut de longs instants, de ceux dont on fabrique les minutes, pour que cela soit à nouveau supportable.

Derrière moi, la porte s'ouvre, son interminable grincement – de l'huile, je revois la burette du père – la mère est revenue, un sac plein de bougies à la main. Des cierges, certains sont entamés, les autres sont neufs.

J'en allume deux, je pose le plus petit sur le dessus d'une boîte en fer-blanc après y avoir fait couler de la cire.

La flamme projette sa lueur, le garage n'a pas de dérogation, partout autour de la table, jusqu'au portail coulissant, de fait condamné, c'est la même mer d'objets, qui m'arrive à mi-cuisse à son niveau le plus bas et dont certaines des plus grosses vagues frôlent les poutrelles d'acier.

Une équipe de serre-joints, des sacs de détritus, je promène l'autre cierge à la recherche du compteur, des batteries de voiture, un panier en osier plein de noix terreuses, d'autres valises, deux magnétophones à cassettes, gris comme le mien autrefois, des boîtes de Quality Street, de toutes les tailles, une pyramide entière, pas toujours les plus grandes en dessous, un antique moulin à vent en plastique aux ailes de bois piteuses, je me sens des accents de Prévert, des boîtes de lait vides sur un vieux tapis de salle de bains tout en bouclettes orange.

Le compteur est bêtement derrière la porte, sur le seul pan du mur accessible, dans un angle sombre et sale, plus sale et plus sombre que le reste de la pièce, déjà très sombre et très sale. Mon calepin quitte un instant la sacoche à la trop longue lanière, je me concentre et j'inscris le chiffre 52195, la mère me regarde, je le copie à l'unité près, sans tricher et curieusement ça me rend fier.

16

On a eu de la visite, à matin. Et pas n'importe qui. Au début, on ne l'a pas reconnu par la fenêtre des toilettes, de profil. Mais quand il est revenu, c'était évident, c'était lui. Il travaille pour l'électricité, il a bien grandi, c'est un bonhomme maintenant. Un beau costume vert et un joli sac. Il a quelque chose de l'Homme dans le bas du visage. Pour ne pas lui faire peur, on ne l'a pas appelé par son prénom. Il a dit qu'il reviendrait demain pour cette histoire d'ampoule. On va faire un pot-au-feu.

L'enfant Jean est de retour.

17

Je n'ai pas pris ma besace ce matin, rien. J'ai fait le chemin à pied, soleil et pollens, je sens le sexe des arbres quand je passe sous leurs jupes de feuilles, leurs ébats immobiles. Le rhume des foins est revenu, mon nez est un robinet tiède, je n'ai d'autre mouchoir que le revers de ma main.

J'ai bien dormi, l'hôtel est calme, à défaut d'autre chose, le café me laisse un drôle de goût, métallique, comme du sang. Demain je le prendrai dehors.

Hier la mère s'est excusée, elle a tant de tri à faire et si peu de temps, pour l'incident du radiateur.

Je me suis arrêté à la droguerie, le patron n'a pas changé, tout juste s'est-il empâté, son visage a pris une couleur étrange, violine, que vient souligner le bleu clair de sa chemise. J'ai acheté la plus grosse des lampes torches, un modèle qui pourrait servir à faire se poser des avions. Je prends aussi des ampoules, à vis, à baïonnette, 60 et 75 watts.

La porte s'ouvre aussitôt, elle m'attendait derrière ses persiennes, me regarde un instant, un étrange sourire aux lèvres, ma mère est presque aussi barbue que moi, et puis retourne dans sa cuisine où elle épluche des carottes, un tas de carottes invraisemblable, comme si sa vie en dépendait. Il y en a peut-être dix kilos, sur les journaux et sur les magazines, sur les chaises et sur les éléments les plus proches. Au milieu de boîtes qui contiennent d'autres boîtes, plus petites, de médicaments, de pastilles à la menthe ou de Vache qui rit. Un sac avec des dizaines d'os de seiche, j'en prends un, la matière friable cède dans un bruit de polystyrène sous l'ongle du pouce, la forme oblongue et les stries, le blanc fragile et le cartilage sur les bords me ramènent sur une plage de Mesquer, c'est marée basse, ça sent la terre qui est sous la mer, cloaque à ciel ouvert et les mouettes comme des essaims de mouches, je cours devant les parents, je les laisse me doubler et je les rattrape, ce jour-là j'ai trouvé le plus gros de ces os blancs, qui tenait à peine dans le sac. Dans ma tête de gosse, c'est presque une planche de surf.

C'est pour les oiseaux, ça leur donne je ne sais plus quoi, du calcium ou de la distraction.

Ils sont là, dans la cuisine, voyageurs du temps, les moineaux attendront.

La mère est concentrée, je file vers le garage, on dirait que ma présence a cessé d'être un événement, elle ne lève pas la tête.

La 60 watts, à baïonnette, à quoi bon mettre plus de puissance, on y voit bien assez.

Autour des pieds de la table de ping-pong, entre des dizaines de pots de yaourt en verre, il y a un squelette. De lapin ou de chat, entier, nettoyé, une légère couche de poussière sur le blanc des os.

18

Plus tard je la rejoins dans la cuisine, les carottes sont plongées dans une grande marmite et s'agitent, les gracieuses, sans beaucoup de discrétion, les bulles d'eau crèvent, le liquide envahit les plaques électriques cuites et recuites dans de grandes onomatopées de dessins animés.

Je m'installe sur une chaise, j'en débarrasse le contenu, que je pose par terre avec précaution.

J'ai avec moi le *Ouest-France* du jour, je le déplie.

Pendant qu'elle pose les assiettes et le reste où elle peut, je commence d'une voix monocorde la lecture de la rubrique nécrologique.

Les mains arrêtent de ramasser les miettes de pain et se tiennent, figées dans leur mouvement, à quelques centimètres du bord de la table, l'élan est mort.

Saint-Herblain, Orvault, Machecoul, Port-Saint-Père.
Monsieur Henri Boutineau, son mari

Mlle Marguerite Chenard, sa sœur
Philippe, Anaïs et Chantal, ses enfants
Ses petits-enfants et son arrière-petite-fille
Ont la douleur de vous faire part du décès de
Madame Michèle Boutineau
(née Chenard)
survenu à l'âge de 83 ans. La cérémonie religieuse sera célébrée vendredi 13 avril à 10 heures en l'église Saint-Louis-de-Montfort à Saint-Herblain.
La crémation se déroulera ce même jour à 15 h 30 au cimetière parc de Nantes. Cet avis tient lieu de faire-part et de remerciements.
Ni fleurs ni couronnes.
La famille remercie tous les intervenants des soins à domicile pour leur dévouement et leur gentillesse.

Une vie qui s'achève, imprimée dans le journal, dont on ne se souviendra bientôt plus, qu'on oubliera. Et d'autres, chaque jour c'est la même chose, la livraison de cadavres dans la boîte aux lettres. Je continue la lente litanie des morts et des formules toutes faites, les petits qu'on résume en quelques lignes, les autres, les Quelqu'un, cumulards, qui enchaînent plusieurs avis, celui de la famille en tête, suivi d'un mot du conseil d'administration des entreprises Forgeard, de l'amicale bouliste… Les emplois du temps de ces jours de deuil que j'imagine trop bien, la cérémonie, dans tout son ennui ou dans toute son émotion, selon le degré de parenté.

Au bas de la page, il y a les faire-part de naissances et de mariages. Je commence à les lire.

La mère reprend son balayage et bientôt se détourne.

19

J'ai retrouvé un pain de Végétaline, au fond d'un placard qui n'avait pas été ouvert depuis des lustres, la date de péremption c'est l'année de mon bac, cette huile en savon n'a rien fait d'autre depuis lors que d'attendre que quelqu'un ouvre la porte et se penche vers elle.

Elle ne devait pas connaître la guerre en Irak, je parle de la première, pas de celle qui traîne, et la voilà qui s'incruste et qui profite, gratis, du suicide de Bérégovoy, des Coupes du Monde, celle qu'on a gagnée et les autres, plus ou moins perdues, les tours jumelles aussi, ça n'était pas à son programme, ni la guerre, la seconde, celle qui a vu chuter Bagdad et Saddam Hussein, la corde et le manteau bleu marine, la barbe grise et la caméra qui filme, mal de mer, sorte de capitaine Haddock, les insultes, en arabe.

Bagdad, *Bag-dad,* à force de côtoyer Sandrine et son humour franco-anglais, le sac que j'imagine plein de pères, *sers-toi.* C'est sans doute à cause de mon histoire, qui d'autre, à part un orphelin, entend *sac de père* tous les soirs à vingt heures, tous les jours depuis quatre ans ?

À quoi ressemblerait-il, mon père, une barbe grise lui aussi et son pull marin, increvable, il aurait grossi sans doute, Saint James fatigué.

Si la Peugeot n'était pas sortie de la route, rien de tout cela ne serait arrivé, la mère aurait attendu une autre occasion, plus tard, pour partir de la tête, plus de Robert ni de Jacqueline, ma vie serait différente.

Enfoncée dans son coin de placard, elle s'imprégnait de tout ça, témoin muette, l'huile végétale m'échappe presque des mains. Mes doigts y laissent des traces.

Banale, un peu plus molle que dans mon souvenir, mais je n'en ai plus vu depuis si longtemps, Robert et Jacqueline étaient adeptes de l'huile d'olive, *tu comprends, le régime crétois, et de toute façon la friture c'est une saloperie, des cancers, des cancers et encore des cancers, un jour tu nous diras merci.*

Un jour, j'ai surtout demandé pourquoi Robert devait se faire enlever trente centimètres d'intestin avec toute cette saine bouffe. J'ai reçu une gifle, la première et la dernière.

Peut-être que je la méritais, trente centimètres c'est beaucoup.

J'ai dans la main la plus vieille Végétaline du Grand Ouest.

Je la pose doucement dans une casserole.

Et quand ça chauffe, je retrouve la fadeur des jours de frites.

20

Elle a toujours refusé d'habiter dans des maisons à étages, anticipant les handicaps de la vieillesse. Ici la maison est de plain-pied, mais les trajets sont accidentés, le sol, un maquis, ma mère, petite chèvre d'hier baptisée, vient doucement à bout de tous les terrains.

Je poursuis mon exploration, aucune pièce ne fait exception, pas même ce qui fut ma chambre.

La maison des parents, c'est comme un corps qui expulse, ça se referme et ça se modifie pour qu'on ne puisse plus y revenir.

Les parents, ça efface les traces des enfants, ça neige dessus. Un jour, on revient et exit, disparue la chambre de nous, môme. Papa a refait la tapisserie, acheté un joli clic-clac dans les tons bigarrés, tout plein de rayures et voilà le travail, une nouvelle chambre, ou autre chose, une salle de billard, un endroit pour l'aquarium ou les livres, un lieu pour les loisirs, *maintenant qu'on a du temps.*

Chez Jacqueline et Robert, j'ai toujours ma chambre d'adolescent, ils n'ont touché à rien.

Chez ma mère, la seule pièce qui reste presque praticable, c'est la chambre de Jean. Parler d'un musée en bon état serait un peu exagéré, on reconnaît cependant : une vieille table à langer, un lit d'enfant, en bois blanc avec des barreaux, petite prison d'ange, une armoire coordonnée qui reprend les mêmes petits barreaux blancs et derrière lesquels la masse sombre d'un énorme Kiki est séquestrée. Çà et là, le dessus d'une table à langer, radeau sur la masse confuse, des petits pyjamas sur leurs cintres, en tas, concrétions qui font plus qu'affleurer, petites et larges Dolomites.

Si on faisait venir des archéologues, qu'on leur demandait d'investir la maison avec leurs pinceaux et leurs burins, ils ne retrouveraient aucune trace de moi dessous, et diraient au monde entier leur certitude : ma mère n'a eu qu'un fils.

Mon absence, sa permanence, tout cela au contraire valide ma théorie, on efface les enfants qu'on a eus, quand on sanctuarise les autres. Dans les musées, on ne conserve jamais que ce qui échappe. Si le petit Jean était vraiment un fils, un hobby aurait pris sa place. Si le petit Jean était vraiment un fils, la mère aurait croisé les jambes, comme toutes les autres, pour l'empêcher de remonter et d'investir à nouveau la matrice, mais il n'existe tellement pas qu'elle l'idolâtre et lui ouvre les bras par-dessus les années.

Tous les deux, à distance, on joue aux chambres musicales, les non-fils, les pas-fils ou les plus-fils. À ce jeu-là, je suis plus le fils de la mère que Jean ne le sera jamais. Mais de Jacqueline et Robert, je ne serai jamais que le neveu.

Il a encore *mouillé* toute la journée.

Longtemps après, j'entends l'eau dégouliner sur le côté de la véranda, le long de ses cheveux d'algues.

21

La mère me tend une assiette de purée de carottes, j'entends encore la voix de Jacqueline quand elle me servait une plâtrée, de sa louche autoritaire. Collés, les paquets qui tombaient au centre de l'assiette. Éclaboussures, *ça rend aimable*, mon sourire exagéré, forcé.

Je pose mon assiette de bouillie orange, un peu trop liquide pour de la purée, à peine assez pour de la soupe, un entre-deux. J'arrête le bras de la mère qui revenait avec sa grande cuillère pour compléter. Peut-être mon mouvement est-il trop brusque, elle recule, lève les deux mains à son visage, même celle qui porte la casserole. L'orange du légume, liquide sur le sol. Et les piaulements de la vieille femme, elle ne lâche pourtant pas le récipient. Qui prolonge toujours son bras. Je me tourne, réflexe, contre le mur fuligineux, j'enfonce mes doigts dans mes orbites, il faut que les cris cessent. Il faut que je me lève, la pointe de l'angoisse, le bruit de la cuillère sur la table, la mère, ses aigus, tout ça entre dans le ventre comme un gant froid et enserre l'estomac. Et l'absence dans les jambes.

J'attrape ma veste, en une seconde je suis dehors. Les notes entêtantes de *Gogol*, premier morceau du CD. Je ne me rends compte que très tard qu'il tourne en boucle. Et la lumière de la jauge, son orange, carotte encore, qui ne cesse de clignoter. Je sais la panne sèche toute proche.

J'entame mon second tour de périphérique, les portes se suivent, Ar Mor, Atlantis, Saint-Herblain. Après le pont de Cheviré, instants de vertige, je prends la porte de Bouguenais, j'enquille la voie rapide, qui tente avec ses rampes et ses lumières de se déguiser en autoroute.

Et puis c'est Bouaye, la courbe que je connais si bien. Je m'attends d'une seconde à l'autre à me faire doubler par une 504 folle, la tête grimaçante du père déjà mort hurlant des choses obscènes. Et le klaxon.

Mes mains sur le volant, blanches et violettes, marbrées ; je me suis arrêté le long d'une boulangerie fermée.

Le bourg est vide, inamical. J'attends de longues minutes. Que le gant lâche son étreinte, mais la sueur reste froide dans la nuque, l'immobilité ne sert à rien. À nouveau la voie rapide, la station-service, sa grosse coquille allumée, clignotant, il faut lâcher un peu l'accélérateur, bientôt freiner. Se concentrer pour choisir le carburant, ne pas se tromper, tenir le pistolet, regarder les chiffres qui défilent, respirer mieux, plus lentement, desserrer la mâchoire, marcher un peu, jusqu'à ce que les jambes soient souples, muscles au repos. Et puis pousser la porte en verre de la boutique, se promener entre les rayons, payer plus tard, à la fin, acheter un paquet de M&M'S, tant pis pour les colorants. La fraîcheur du parking.

L'angoisse a complètement disparu, diluée, oubliée dans la boutique, inoffensive et presque ridicule, elle semble même ne jamais avoir existé. Jusqu'à la prochaine fois.

Quand j'approche de la voiture, j'entends la sonnerie de mon téléphone. Sur le siège avant.

J'attends qu'il ait fini de sonner, et puis j'ouvre la portière.

22

La véranda, touffeur, il y a même de la mousse sur les volets intérieurs, une fuite d'eau, tache sombre sur le mur et l'humidité dont les cartons sont imbibés, qui les colore un à un de sa fine dentelle de moisissures poilues. Vertes et blanches.

J'entreprends de dégager un fauteuil en velours marron de tout ce qui le recouvre. Des mois de prospectus, d'enveloppes, de publicités et autres jeux-concours, *vous avez gagné un million d'euros*, de promotions alléchantes et d'offres curieuses, *vos doubles vitrages en moins de 48 heures.*

Et des menus, encore des menus qu'on peut se faire livrer, vite, bien, pas cher, bon. Pizzas, sushis, poulet-frites, thaïs, indiens, chinois, couscous, plateaux-repas, sandwiches. Un résumé déjà indigeste des cuisines de notre époque, immédiates et sans frontières.

Le bruit de la pluie sur le toit, plastique gluant, est d'abord discret. Et puis le tonnerre et puis les trombes. À la faveur des éclairs, je distingue, près du chêne, le corps mort de la petite

Peugeot. Je n'ai même plus peur de l'orage, terreur de mon enfance, je regarde les éclairs sans ciller et j'écoute les déflagrations qui viennent de plus en plus vite ensuite.

Statistiquement, on déplore peu de fins du monde à la suite de ces épisodes, c'est peut-être pour ça que je suis rassuré.

23

Je suis fatigué de ne rien faire, mon visage me tire sous la barbe, je ressens physiquement la présence de mes cernes, peau tirée sur les pommettes. Depuis quelques jours, la longueur de mes poils me permet d'aspirer ma moustache, de la mastiquer. Je sens les longs fils, leur texture plastique, dans ma bouche, presque pubiens, ma langue qui s'y frotte. Je ne m'en lasse pas.

Avant de m'échouer sur mon domicile de carton, je pousse la porte de la catastrophe de la mère. Sa chambre, son ex-chambre.

Ici aussi, la puanteur des premiers jours semble avoir disparu, mais je sais bien ce qu'il en est, mon corps a absorbé les odeurs, toutes les odeurs de la maison. Il sent différemment, je sens différemment, quand je frotte les aisselles, je ne me reconnais plus, je suis autre, je suis devenu la partie humaine de ce qui m'entoure, j'ai beau renifler. Même mon cul.

Le grand matelas des parents est toujours là, central, délabré, affaissé, recouvert à son pied d'une robe de chambre vert d'eau, qui fut un jour vert d'eau avant de laisser tomber. Je le contourne, il me répugne d'y poser le pied, pourtant je ne quitte plus mes chaussures depuis un moment, je dors même avec, préférant leur inconfort et la promiscuité de mon campement au plaisir de les quitter et de m'étendre dans la chambre de l'enfant Jean, là ou dort maintenant la mère, la seule pièce à peu près préservée du grand *tout ça*.

Derrière l'armature, bois et rotin, du grand lit qui repose contre le mur, je repère le vieux classeur en métal dans lequel le père rangeait les papiers. Il trônait près de son bureau, lui seul en possédait la clef, l'ouvrant et le refermant avec des précautions de chef d'État chaque fois qu'il devait en extraire un dossier. À mes yeux de gosse, ce meuble était le coffre-fort qui renfermait ce qui me séparait des adultes, leurs vérités et leurs secrets ; tout le non-maintenant, le plus-tard, le quand-je-serai-une-grande-personne.

Les cerfs de la tapisserie me regardent, comme ils me regardaient il y a vingt ans. Avec un peu moins d'intensité.

Avant de faire basculer l'épaisse planche, massive et pleine, le rotin n'est qu'un habillage, il faut creuser à la base, enlever patiemment les cartons, colis d'hier, les lourdes piles de magazines, d'actualités et de poussières, tout un fatras invraisemblable. Une bouteille de porto ivre dont le contenu s'est à demi évaporé, sa liqueur pétrole macule la pointe de ma chaussure droite, des morceaux de ferraille, un étau, recouvert d'une militaire peinture verte, une boîte qui crache ses dizaines de napperons sitôt ouverte, de ceux qu'on pose sur les télés et sur les coussins de canapé, têtières d'un étrange train, un repaire de bocaux vides, avec leurs joints cuits et craquelés, jaune foncé, gutta-percha de mauvaise qualité, qui s'échappe de lui-même par bouzines, des boîtes de céréales pleines, je n'en ouvre aucune, un carton, je peux à peine le soulever, un *fragile* fièrement tatoué sur le flanc, il faut le vider pour le déplacer, de ses assiettes, de ses pantoufles et de ses morceaux de ficelle. Tout au fond, un pied de parasol en béton, lisse, inerte et inutile. Et autour, du thé, des sachets de thé, *Indian Taste,* une centaine de ces petites poches flétries, sans odeur.

Un t-shirt *Argentina 78,* des cageots, de la ficelle, bleue et barbue, tressée de plastique, de la plus fine aussi, blanche, de cuisine, de quoi faire des rôtis pour tous les dimanches d'une vie, un vieux fusil, tromblon rouillé qui louche du côté de la brocante, voilà tout ce que j'évacue, d'abord avec précaution et puis de plus en plus vite, de plus en plus loin, je balance tout ce qui me tombe sous la main, à l'extrémité de la chambre, capharnaüm volant, les montagnes s'écroulent, se reconfigurent, s'escaladent elles-mêmes. Tectonique, je suis le séisme qui bouleverse la topographie de la chambre de ma mère-chiffons.

Elle est venue voir, découpée dans l'encadrement de la porte, parfaitement centrée. Le museau, son étrange grimace, comme un rictus figé ; une seconde blouse sur sa blouse, aussi peu propre que la première. N'a rien dit, juste un geste de la main, *je range, maman,* et puis a disparu. J'ai entendu, un couloir plus tard, la porte d'entrée s'ouvrir et se fermer. En tendant l'oreille, j'ai reconnu le couinement des roulettes de son petit chariot, celui qu'elle utilise, le plus vieux, toile bleue et taches grises, pour les commissions, ses courses, comme pour ses expéditions, petits raids vers un nulle part d'où elle ramène des poubelles entières, des carottes encore ou un encombrant, une collection dérisoire. Inépuisable fourmi, grande bâtisseuse de l'ordure, toujours en quête de matière.

Le cadre du lit, lourd, c'était prévu, est maintenant bien dégagé, je pense pouvoir le faire basculer, comme un arbre après la double entaille, progressivement, doucement, poussé par l'épaule, l'accompagner, qu'il s'étale de tout son long, *prends tes aises*, en plein travers de la chambre. Qu'il abandonne la garde rapprochée de l'armoire en fer, vestiaire à peine amélioré.

La première partie du plan se déroule comme je l'avais planifié. Une fois que l'arbre-lit a dépassé son point d'équilibre, quasi immobile, il se met à tomber, entraîné par son poids. Je me recule d'un pas, qu'il finisse sa bascule.

Il s'écroule de tout son long sur les piles de journaux, catapulte, balançoire, ce qu'on voudra, sa base est propulsée à hauteur d'homme.

C'est le moment que choisit un fragment du lit, grande latte effilée jusqu'ici solidaire de l'ensemble, pour se séparer, doucement d'abord, puis plus franchement. Brusquement, la planche se disloque sous le poids du meuble, explose et cingle.

Une petite partie de cette projection, grosse écharde tordue, profite du fracas de l'effondrement, le choc d'abord, puis le grincement et encore un craquement, pour me sauter, mauvaise, au visage.

Un trait, rapide, l'arête du nez. Et le sang qui coule, tellement, que je pense à de l'eau avant de comprendre le grenat, et les gouttes, larges et translucides sur le carrelage, plus foncées sur le carton. Dernière arrivée, la douleur, qui cisaille.

De l'eau chaude, puis froide, de longues minutes. Et tout autour du visage, serrée, une gaze presque blanche, périmée depuis longtemps – *ça se périme ?* – qui maintient un morceau de t-shirt que j'ai découpé. Je ne vois plus grand-chose, mes yeux presque fermés par les joues. J'enlèverai tout ça quand la compression aura atteint le but que je lui ai assigné, tarir le sang, sa source. En attendant, je respire par la bouche.

Muni d'un tournevis plat, large comme l'ongle de mon pouce, j'entreprends de le forcer, mon Graal, le meuble en fer, celui du père.

Peut-être la clef est-elle à portée de main, toute proche, au cœur du salmigondis, entre deux cageots, dans une boîte, elle-même dans une malle.

La serrure forcée, pas du travail de professionnel, loin de là, la tôle déchirée, j'ouvre l'armoire qui ne contient plus rien du père. Des boîtes de médicaments, une avalanche, BOSENTAN, PAPAVERINE RENAUDIN, NUROFEN, CHIBRO CADRON, SPASFON LYOC, CYCLADOL, BUTAZOLIDINE, BACTOX, RIVOTRIL, URBANYL, DOLIPRANE… et des sirops, antitussifs, un vaccin contre la grippe, promotion 92, des rangées entières de ces boîtes et de ces bouteilles, la plupart pas entamées, la pharmacie d'une maison de retraite.

Et des radios, des clichés, des échographies, jambe, tête, articulations, ma mère en puzzle. Des dossiers médicaux vieux de plusieurs années, des avis d'imposition aussi, dans une chemise, improbables, et d'autres papiers, qui surnagent, extraits de comptes, remboursement de prêt, offres d'abonnement, enveloppes EDF pas ouvertes, marquées du vieux logo.

Toute une vie colonisée par son côté médical. Les dates de péremption donnent une idée de la dernière fois où on l'a fermée, cette armoire, rien ne va au-delà de 1999, boutique d'un vieux millénaire.

Accroupi, je me demande comment la mère a pu ériger seule le bois du cadre de son lit.

Elle construit des pyramides dans son désert, élève des palais et des monuments, dresse des autels et des temples. L'espace d'un moment, je suis fier d'elle, petite mère courage.

Un dossier médical comme d'autres, vide celui-ci, à l'exception de quelques feuilles, recouvertes d'une écriture serrée, noire et plongeante.

24

L'enfant Jean était facteur. On l'a reconnu, ça se voyait comme le nez au milieu de la figure que c'était lui. Il avait beau nier.

Et puis à la place, d'un seul coup, on nous a mis un Noir, tout long et lisse sans cheveux. Il brille quand il fait du soleil.

Lui, il disait que son collègue ne s'appelait pas Jean, qu'il avait été muté mais qu'il s'appelait on a oublié comment, mais pas Jean.

Pas à nous, s'il vous plaît.

Il s'est passé des mois et puis il est revenu l'enfant Jean. Il nous portait le repas de la ville, une barquette avec de la viande molle et des légumes pleins d'eau, merci la ville, avec tous les impôts locaux qu'on a payés. Tous les jours de la semaine sauf le dimanche, du poulet, du veau et souvent des morceaux, on ne sait pas très bien ce que c'est, peut-être des nouvelles espèces.

On n'a rien dit, sauf bonjour, bonsoir, on ne voulait pas qu'il disparaisse encore une fois. On a fait comme si on ne le reconnaissait pas. On n'en a même pas parlé à la fille du service social, celle qui a des grosses cuisses et qui veut tout le temps entrer à la maison, mais de quoi elle se mêle ? Elle doit être au courant, sauf s'il a changé de nom ou une affaire du genre.

Et puis, sans prévenir, à la place de Jean c'est une fille qui est venue. Un jour, deux, et puis tous les jours. Sûr qu'il n'avait pas digéré quelque chose, il nous en voulait de l'avoir laissé. Mais qu'est-ce qu'on y peut ?

Maintenant qu'il est revenu, il s'agit de ne pas lui faire peur, de le laisser se rapprocher, de lui parler un peu, qu'il s'installe comme avant.

Bien sûr il a grandi, son lit sera trop petit.

25

Je l'observe sans qu'elle me voie, je suis l'œilleton de la caméra, documentariste d'un genre nouveau : la mère comme une antilope de sa savane. Je l'accompagne dans ses tournées, les commissions dont elle revient chaque jour chargée ; je l'épie quand elle pille les poubelles, qu'elle en ramène ses trésors sans valeur. À distance.

Je dors, j'explore le grenier, curieusement pas si encombré, moins en tout cas que le rez-de-chaussée. La laine de verre qui gratte la nuit d'après, ôter mes affaires, me doucher longuement avant de retrouver mon repaire de carton. Agrémenté depuis peu d'un radiateur, énième modèle trouvé dans le cellier, à bain d'huile, qui dessèche la bouche. J'explore une fois encore les chambres, en bas, les couloirs aussi ; la cuisine, j'y passe, confite et poisseuse. Dans un coin du salon où je n'étais encore jamais allé, sous une solide bâche en plastique, bleue, de chantier, sous des strates de cartons et de journaux, je mets à jour un cimetière de tout ce que les trente glorieuses ont pu fabriquer, se simplifier la vie, le confort, le plastique, la profusion, Tupperware, couteau électrique, balance Terraillon, presse-agrumes, machine à faire les hot-dogs, chauffer la saucisse, griller le pain, empalé ; des ramequins, des boîtes pour le frigo, des bacs pour le congélateur, des saladiers, des ouvre-boîtes, l'un mural, électrique, aussi ridicule – on a un jour pensé à produire cet objet en grande série – que le tire-bouchon, lui aussi mural, mais manuel. Un robot, désarticulé, ménager, qui coupe, râpe, émince, broie, moud, concasse, mixe, en plastique jaune et blanc, les petites hélices coupantes qu'il faut changer, intervertir, selon l'usage qu'on veut en faire, petit Meccano qui ne servira plus, les ramasse-miettes, ceux dont on recharge la batterie en les accrochant au support, le fouet pour battre les œufs, monter la Chantilly, électrique encore. Tout est là, comme un salon du petit-électroménager, exposé, enchevêtré, emmêlé, les câbles tortillés, gigantesque scoubidou, il me faut presque une demi-heure pour en venir à bout. Extraire de la masse le fluet couteau électrique, faux contact, mais le fil que je contrains, la petite musique des lames qui se croisent, timide bruit métallique dont le cycle s'entête, bourdon frêle qui monte et qui descend, ma petite berceuse. Et pendant que je profite du moment, le Seb à la main, chef d'orchestre définitif, je regarde à travers mes paupières mi-closes la pelote morte de plastique et de métal : grille-pain, yaourtière, gaufrier, trancheuse à jambon, friteuse, cafetière, appareil à fondue.

Il est temps de reprendre la filature, j'entends la toux sèche et nerveuse qui ouvre la porte.

26

Elle a dû perdre quelques centimètres, je ne m'habitue pas à la voir cassée en deux, tassée, bossue, comme si elle préparait un casse-bélier. Je vois bien plus souvent le haut de son crâne, rose et lumineux, peau de bébé souris, que ses yeux, qu'elle balade par terre comme des détecteurs de métaux, bien parallèles au sol. Je pense que ma mère n'a pas regardé un plafond depuis des années.

Elle se promène encore dans sa blouse fleurie, se peut-il qu'elle dorme avec ? Bleu, bleu-jaune, bleu-gris, la couleur change selon l'endroit, crasseuse mais pas de façon uniforme, les coudes et le devant, l'arrière aussi, avec cette tache longue, celle que je ne veux pas voir, brune, témoin liquide du laisser-aller, de l'âge qui avance et du corps qui répond mal.

Les chaussons, sales aussi, sont les mêmes que le premier jour, les guêtres en revanche ont changé, bleu marine, opaque, comme en plein hiver, elles ont l'air trop grandes et font des plis le long des mollets.

Quand je m'approche d'elle, son regard fuyant, sa peau, toute parcheminée, ridée à l'extrême, l'âge qui a creusé ses lignes profondes dans la cire, le blanc de ses yeux, troubles quand ils croisent les miens, furtifs, et ses cheveux collés, par paquets dans la nuque, lourds de sébum.

Les dents, les poils du menton, qui me fascinent toujours autant, la bosse du dos, ma mère ressemble à la sorcière de mes cauchemars d'enfant, même ses mains, déformées par l'arthrose, les ongles longs et jaunes, leur tremblement quand elle s'essaie à une besogne qui demande de la précision, je suis obligé de l'aider pour ce fil noir, pourtant le chas de l'aiguille est large, elle reprise des chaussettes. D'homme.

Elle paraît avoir une notion très vague de l'hygiène, même si elle reproduit de façon mécanique les gestes quotidiens. On dirait que seul son corps pilote, que l'esprit est déjà ailleurs, que l'enveloppe traîne pour son dernier déménagement.

Elle continue de laver son linge, les baquets dans le cellier en attestent, à l'ancienne, la machine à laver ne fonctionne plus, ou peut-être est-elle oubliée.

Ses blouses sont étendues sur une simple corde, à hauteur de ventre, lâche, celles du centre, les plus longues touchent par terre. Elles sont lavées, mouillées serait plus juste, et quand elles sèchent on voit réapparaître les souillures, même le gros savon de Marseille, sec, au pied de la bassine, a du mal à évoquer la propreté.

Y a-t-il encore une baignoire sous le calcaire, tartre jaune et rêche qui accroche les doigts ? Tout est jaune dans cette maison, la couleur de la corruption, de l'abandon aussi et de la lente descente.

La mort est jaune, j'en suis sûr.

En dépit de l'aide de plusieurs molécules très méchantes, pas moins d'une vingtaine de lignes de recommandations, de mises en garde et de plus que conseils sur les flancs de chaque bouteille, la baignoire ne retrouve pas son état originel. Pourtant promis par les *surpuissants, qualité professionnelle* et clairement garanti par les *brillance absolue, éclat du neuf,* et même par un *intense shine,* magie du hard discount.

Sans parler des pictogrammes anxiogènes et des couleurs, les violets, les rouges et les oranges, tous légèrement cassés de noir, qui semblent dire, *attention, chaque geste est important, une toute petite erreur, la moindre inattention, la plus petite des gouttes et vous êtes contaminé, dissous, avalé.* Brûlure, souffrance, vous voilà mort, les poumons n'ont pas tenu le choc.

Difficile de dire où commence l'émail et où finit la crasse, j'assiste peut-être à la première étape d'un long processus de calcification qui tourne progressivement à la fossilisation, la naissance d'une matière hybride.

Peut-être. Mes notions de physique-chimie et de plomberie sont très sommaires.

Sous le robinet, autour de la bonde, partout où le mince filet d'eau a déposé jour après jour ses minuscules particules, je ferme les yeux, c'est la même sensation, l'ongle sur l'ardoise du tableau. Pareil.

Après un passage à l'acide chlorhydrique, la petite fumée qui pique les yeux et agace les bronches, l'odeur, presque bienvenue, qui masque un instant l'humidité, le pourri et les excréments, je décide que ça suffit comme ça.

Je dispose le savon, le shampoing, un fongicide aussi, au pied de la baignoire. Pour bien faire, il faudrait nettoyer là aussi, par terre, passer une chaude serpillière et puis de l'eau de Javel, et encore une fois la serpillière, rincée cette fois, laisser sécher.

Mais l'ampleur de la tâche, à quoi bon ?

Je sors également les serviettes que j'ai rapportées, neuves, j'en arrache les étiquettes, le petit plastique qui résiste et qui coupe la lèvre, avec les dents.

Les serviettes de la mère, négligées, qui dégagent une lourde odeur d'humidité, et qui pourtant, c'est inquiétant, sont sèches, seraient refusées à tous les castings de Soupline ; elles font des angles bizarres, figés et droits, très loin de la fluidité qu'on attend d'un drap de bain.

Je cherche de l'eau de Cologne. Dans l'armoire au-dessus du lavabo qui disparaît sous une masse hétéroclite : des verres à moutarde, ceux avec les dessins animés, télescopage d'époques, la Panthère Rose et les Simpson, Scoubidou et les Télétubbies, des papiers aussi, des factures Telecom, il y avait un téléphone dans le salon, en plastique gris, qu'est-il devenu ? Des articles de journaux, découpés, qui traitent des rachats de grands laboratoires pharmaceutiques, par d'autres, encore plus grands. Intérêt de la mère pour le métier du père, il travaillait pour un répartiteur, notion encore floue aujourd'hui, je sais juste qu'il visitait les pharmacies, sorte de représentant. Plus jeune, j'imaginais des valises pleines de pilules et de comprimés, les antalgiques et les autres, ceux que mamie devait prendre tous les jours, sinon les crises.

Le bruit des semelles, le lent glissé de la mère me sort de l'examen des coupures de presse.

Elle reste sur le seuil de la salle de bains, le peu d'espace laissé par les amoncellements ne lui permet pas d'entrer. Elle me regarde poser l'antique litre d'eau de Cologne sur le rebord de la baignoire, curieuse de tous mes gestes, le collyre aussi, un gel douche et pour finir une brosse à dents. Des petits mouvements de tête, les yeux restent fixes, enfoncés dans les orbites. Je laisse le rasoir et le coupe-ongles dans leur sac de papier.

Je suis prêt.

Quand je me retourne à nouveau vers l'entrée, elle n'est plus là.

Laver un chien, forcément contre son gré – un chien a-t-il un gré – n'est déjà pas facile. Forcer une vieille démente à entrer dans une baignoire alors qu'elle n'en a aucune envie est une autre paire de manches.

Il faut que je l'attrape, elle s'est réfugiée dans la cuisine, que je la prenne dans mes bras, à la fois légère et lourde, comme si toute sa masse était concentrée au centre d'elle-même, l'odeur écœurante de sa blouse dont le tissu fait le même bruit que le nylon des jeunes filles quand elles croisent les jambes.

Il faut que je n'écoute pas ses cris, sa panique, que j'oublie les pieds qu'elle lance dans toutes les directions, bien plus agiles, délivrés qu'ils sont de l'obligation de la porter, que j'oublie ses bras qui s'abattent sur mon dos, elle va se blesser, à vouloir me faire mal.

La déshabiller d'une main tout en la maintenant de l'autre, fermement, sans la brusquer cependant, ôter la blouse, un bouton qui roule dans la tranchée, creusée entre les masses, les piles et les entassements disparates. Et puis les guêtres et le reste, à l'aveugle, il faut que ça aille vite.

La passer d'abord sous le jet de la douche avant de l'adoucir dans l'eau du bain.

L'odeur de son corps, l'urine, les membres grêles, la peau relâchée du ventre et les seins, vides et d'une longueur effrayante, l'un qui semble plus court que l'autre, c'est peut-être une impression, elle bouge sans arrêt.

La maintenir toujours, ne pas regarder son sexe, sous l'eau d'abord trop froide. Puis trop chaude, les cris qui tournent aux pleurs, la supplication et les glapissements d'animal blessé.

L'eau devient de plus en plus claire, les cris ont maintenant cessé, elle est prostrée, debout et nue, ses cheveux plaqués sur les tempes la font ressembler à un petit rat. Je peux la lâcher, elle a démissionné.

Je commence par lui faire un shampoing, elle me regarde fixement, les yeux secs malgré les larmes de tout à l'heure. Puis je frotte son dos, vigoureusement, sa peau est blessée par endroits, des dartres, je me fais plus doux quand je passe le gant de toilette sur ses plaies.

Les pieds, l'ongle de l'orteil qui grandit sous la chair. Les jambes, pleines d'ecchymoses et d'écorchures, de griffures et d'entailles, un miracle qu'elle soit encore entière, pas fracturée du bassin à mourir quelque part. Sur sa peau je lis les chocs et ses chutes.

Les genoux et les cuisses, nous y sommes, le moment que je redoute, l'intimité de ma mère. Cette seule perspective a failli me faire renoncer à la grande toilette, mais pendant ces quelques jours, la voir se promener dans sa crasse m'était devenu insupportable.

Elle se laisse toujours faire, poupée de chiffon, légèrement penchée en avant, qui doit fatiguer.

J'inspire deux fois par la bouche, comme un plongeur et je dirige le jet vers le haut de ses cuisses. Je frotte sans regarder, les yeux vers le bas. J'essaie de dissocier mes mouvements, les chairs que je rencontre, ne pas me figurer, que ça reste abstrait.

Le filet d'eau translucide redevient foncé l'espace d'un instant.

27

L'asseoir sur le rebord de la baignoire pour lui couper les ongles est une délivrance. Emmitouflée dans le drap de bain, ragaillardie, le danger semble passé, elle se démène de nouveau. Je dois lever sa cheville, la coincer entre mon bras et ma cuisse, je lui tourne le dos, je me fais maréchal-ferrant.

Ses cris, encore, plus aigus que tout à l'heure, comme une petite fille qui ne comprend pas pourquoi on la contraint. Et ses ongles, épais comme des sabots.

Avant de sortir, je l'habille de neuf, taille quatorze ans, une robe d'été, et dessous, un pantalon de survêtement gris, confortable. Ma mère est toute petite, je joue à la poupée.

Les petites filles s'entraînent à devenir mère avec des poupons joufflus, pourquoi ne pas apprendre à être des fils et des filles avec des baigneurs ridés, aux cheveux rares et blancs, des poupées qui feraient pipi, qu'on devrait changer ? On pourrait même les faire parler et radoter, la fin de vie mérite bien autant d'attentions que son commencement.

J'ai envie d'acheter des cigarettes.

La dernière fois que j'ai fumé c'était au début de la grossesse de Sandrine, avant les jumeaux.

Dehors, l'air semble liquide et neuf, tout est plus facile, même le soleil a l'air d'être tombé de la dernière pluie.

28

Je reviens du supermarché, un bête Auchan, exit l'éléphantidé préhistorique ; le coffre du peintre est plein de choses à manger et à boire. De l'eau en bouteille, pour échapper aux robinets, les bactéries s'y lovent en attendant leur heure, des boîtes de conserve, des légumes, beaucoup, je n'ai pas l'impression que la mère en prenne régulièrement. Si l'on excepte les carottes, manière de plat de kermesse réservé à mon retour, bâtons orange festifs, droits comme des bougies, des légumes, je ne l'ai pas vue en préparer d'autres depuis mon arrivée.

Des pommes de terre, un grand filet, de l'huile, du sucre, des pâtes, toutes les choses qu'on prendrait en cas de guerre ou de grand froid, en attendant l'ouragan et ses inondations, la fin de l'alerte chimique ou la réplique tellurique qui pourrait bien être fatale.

Des casseroles aussi, des poêles, quatre assiettes immaculées, vierges de toute ébréchure, des lunes, pleines, massives et très peu chères. Couteaux, fourchettes, verres ; non pas qu'il en manque là-bas, mais le dégoût, tout y est gras et plein de poussière, poussière emprisonnée dans ce gras, de celle qui laisse de grosses traces, noires, quand on essaie de l'essuyer du pouce. Tout y est taché de rouille, dès que la physique l'autorise.

Détergent, javel, éponges, j'ai laissé celles que j'avais apportées, étrilles désormais incapables, dans le nettoyage de la baignoire et du frigo, bassine d'eau chaude et savon, RIP les Scotch Brite, une par niveau, le bac à légumes est encore noir, j'ai continué avec mes ongles, mais ça n'avançait pas bien.

J'ai l'impression de partir en vacances, de m'apprêter à remplir les placards d'une location, de devoir suivre un propriétaire tatillon et un peu borné dans toutes les pièces, de l'écouter faire l'article de sa plaque à peine à induction, de devoir l'entendre sur le réglage des chaînes de la TNT.

Toutes ces choses que je ramène font de moi leur complice, je participe à la grande concentration, exercice jamais fini d'accumulation, les objets ont bien une âme. Et m'imposent leur volonté.

La voiture qui vient en face m'indique par un appel de phares que je dois mettre les miens. Il fait déjà sombre, tout près de loup.

J'allume les phares.

Et la radio. Je passe devant l'hôtel que j'ai quitté l'autre jour, la vieille et grosse dame est toujours derrière le comptoir, je reconnais sa masse en passant, elle est au téléphone et se dandine à contretemps sur le Michel Sardou de mes enceintes. Dandine dodeline.

Le feu passe au vert, je démarre. La longue ligne droite qui descend vers la rue du Tertre, monotone et sans histoire, avec ses pavillons même pas identiques, un rond-point, puis un autre, plus petit ; il n'y a quasiment plus de feux de signalisation, on dirait que le rond-point a été inventé ici, on en verra peut-être bientôt un, de rond-point, stylisé, sur le panneau marron et blanc de l'autoroute qui annonce Nantes, en plus du château des Ducs et des spécialités locales, j'ai oublié lesquelles, je cherche, sourcils contractés, mais le vide, je ne me souviens pas. Nantes, capitale mondiale du rond-point, même pas sûr que ça n'attire pas des touristes curieux, on pourrait envisager un jumelage avec Konya et ses derviches.

Devant la vendeuse, je pose la chaussure de sport sur ma paume, talon sur le pouce, la pointe vers les doigts. Impossible de se fier à ses diverses paires de souliers pour connaître sa pointure, elle a de tout, du 37 au 42, j'ai dû mesurer son pied avec ma main, même ses chaussons n'ont pas parlé, la semelle, noire, a depuis longtemps perdu toute mention de taille, le 38 semble faire l'affaire, mais la jeune femme me recommande un 39, pour être bien à l'aise.

Elle me demande si ma mère est pronatrice. Dans le doute, j'acquiesce.

Ces chaussures, c'est mon premier cadeau, celui qui annule et remplace le rien des anniversaires, des Noëls et des fêtes des Mères.

Les fêtes des Mères, Robert et Jacqueline ne les fêtaient jamais devant moi, mais il y avait toujours un bouquet à la maison ces jours-là.

La mère, je ne lui en veux plus, elle est malade, on ne peut pas en vouloir à la maladie. Plus jeune, si.

Tout à l'heure, j'ai esquissé un pas de danse avec elle. Après un mouvement de recul, elle a renversé la tête en arrière et elle a ri.

Même si je ne suis pas encore tout à fait son fils, qu'il n'y avait même pas de musique pour notre valse, je suis intimement convaincu que quelque chose en elle reconnaît quelque chose en moi, que son corps reconnaît mon corps, les yeux ne s'adressent plus au cerveau, mais ses bras savent qui je suis, ses épaules aussi et ses jambes. Même ses lèvres qui me sourient, même ces lèvres qui ne savent pas bien pourquoi elles sourient ont reconnu le fils que je suis.

Ces quelques jours chez ma mère sont étonnants, avant-hier encore j'étais un étranger. Et puis je reprends ma place. Je crois qu'elle m'attendait.

Pour commencer ma carrière de fils, moi aussi je voulais lui apporter des fleurs, un bouquet plein de couleurs, comme un soleil qu'on aurait mis dans la nuit de sa maison.

Et puis je me suis ravisé, les fleurs, j'ai eu peur qu'elle les mange.

Avant de rentrer, je prends une bière en terrasse, comme des petites vacances au bord du tramway. J'en profite pour aller aux toilettes, je n'y ai pas fait attention, ma vessie en colère, j'étais à deux doigts d'exploser.

Le sombre du ciel se confond avec le marron de l'Intermarché, avant, c'était un Suma, tout change, rien ne change. Les jeunes filles dans les Intermarché doivent ressembler à leurs aînées des Suma. Qui font la queue à l'autre caisse et que je regarde dans le vague. Elles s'appellent Cécile ou Sophie, Morgane ou Claire, qu'il serait bon, qu'il serait frais de les suivre, de leur donner la main, de tout apprendre d'elles, de tout connaître, le nom du chien qu'elles avaient, petites, leurs hésitations et le ton de leur voix, comme la peau, le velouté juste derrière le genou.

Dans les supermarchés, mais aussi sur les aires d'autoroute, les vacances avec Robert et Jacqueline, la course, la location qu'il fallait prendre le samedi, ou encore au restaurant, derrière la plante verte, nos regards qui jouent à cache-cache, dès qu'il y a ce mélange subtil de proximité et de distance.

Aussi loin que je remonte dans ma mémoire, truite folle qui dépasse sa zone de frai, le jeu a toujours existé, comme une obsession, recommencer encore, collecter ces émotions, toutes ces presque premières fois, au mieux un rire volé, l'odeur de leur parfum.

Tout m'intéresse en elles, leur appartement, les tentures devant les fenêtres, la plante autrefois verte qui n'en finit plus de mourir, je veux tout savoir, ces filles, leurs fesses, leurs cheveux, les parents, les cousins, même celui qui est mort, leurs mains et les larmes qui les font ressembler à des petites filles.

Les rares fois où, aidé par l'alcool ou par une connaissance commune, les choses ont pris le chemin de mes songeries, qu'une de ces filles est sortie de son statut de personnage pour entrer dans ma vie, qu'elle a quitté le bus où je la croisais pour le clic-clac de ma chambre de bonne, les rares fois où ma fiction a croisé ma réalité, c'est la réalité qui a perdu, à plate couture, trois sets à rien. Avec ces filles, mes doubles féminins, je n'ai jamais été bien loin, elles aussi attendaient qu'on les emmène quelque part.

29

Ce soir, c'est moi qui fais à manger, je débarrasse les casseroles les plus abîmées : rouille, taches, brûlé, je les lance dans le garage, loin sur les sacs, couettes, couvertures, plaids, qui amortissent leur bruit.

Coquilles Saint-Jacques garnies de mayonnaise et de surimi qui tente avec une audace folle de se déguiser en crabe.

Et puis un gentil parmentier, gratiné dessus, presque liquide ailleurs, la mère n'a plus toutes ses ressources masticatoires, l'espace d'un instant je pense à une filière clandestine pour recycler l'émail de nos anciens, maintenant que l'ivoire des éléphants est protégé, et cerise, un gâteau, un far breton, finalement préféré au kouign-amann, tout ce beurre et ce sucre, d'avance, j'en avais la bouche *qui pâtait*.

Le quotidien s'installe vite, qui fabrique sa petite routine, son discret bruit de fond. Le midi, c'est moi qui ouvre à la préposée de la mairie, je prends les barquettes du jour, la première fois, j'ai eu droit à un petit interrogatoire, un peu abrupt, se faire regarder de haut par une personne plus petite que soi est une expérience étonnante. Maintenant, elle trouve ça très chouette, qu'un fils prenne le temps de s'occuper de sa maman. *De nos jours, il faut voir comme on traite les personnes âgées.*

Je lui souris toujours, malgré le diesel de son Kangoo blanc qu'elle n'éteint pas et ses chemisettes d'homme trop grandes. Dès qu'elle tourne le dos, la barquette rejoint les autres dans un grand sac noir. Poubelle.

30

La mère fait des bruits de voisine, je l'ai entendue frapper le mur de la cuisine, elle plante des clous rouillés, toute une ligne, au moins sept depuis ce matin.

J'ai renoncé à tenter de comprendre à quoi cela pouvait bien servir, je me suis contenté de lui sourire, approuvant ainsi tacitement son entreprise d'alignement, sa tentative de tout petit Stonehenge. Quand elle tourne le dos, qu'un des clous rouillés tombe sur la gazinière, pas très loin d'une casserole neuve, je mets un terme à son rire païen. J'arrache tous les morceaux de fer avec une violence qui me surprend.

31

J'entends la succion qui se rapproche, méthodique et régulière, métronome inquiet dont le rythme fragile est chaque instant menacé. Le pas qui se pose trouve pourtant sa place exacte sur la partition : l'hésitation du silence est balayée, le presque crissement qui suit l'a aboli. Improbable arsis.

Le tic-tac des baskets s'arrête, la mère est devant moi, qui commence une phrase. À mon intention, sinon qui. Et puis rien, elle fait demi-tour et repart en s'appliquant, vers sa cuisine. J'entends quelquefois des ratés dans sa petite musique. Elle tombe.

Hier ou avant-hier, je ne sais plus très bien, la semaine fabrique des jours indistincts, aux frontières molles. Les jours du week-end, je les reconnais mieux, ils se détachent, entiers, jamais coupés en deux par le Kangoo blanc.

Hier ou avant-hier, je me déplaçais encore à chaque alerte, toutes les fois que je l'entendais tomber. Sur ses murs de choses, au milieu de ses couloirs de vide, contre une porte, ou le long d'une tapisserie souillée, bestiole instable, sur le dos, concentrée de grandes minutes, tendue toute vers un de ses buts : se retourner, se relever, se redresser, se rétablir, se soulever, se hisser.

Se désenclaver ou s'aligner.

Selon l'angle et la hauteur de la chute. Sa violence.

Revenir debout. Si le terme *debout* désigne sa posture habituelle. Debout-ployée. Mais debout.

Maintenant, je ne bouge plus, j'attends. J'entends son petit gémissement, celui qui dit l'effort. J'entends aussi les sons qui l'accompagnent, autour, la pile d'objets qui glisse, les mains qui s'agrippent à un chambranle ou qui ripent contre les carreaux de faïence.

Quelque part parmi les livres, il doit y avoir *La Métamorphose*. Voilà à quoi je pense en entendant mon insecte s'agiter dans la cuisine.

Engoncé sous ma table de ping-pong, à deux pas des ossements délicats du mammifère enroulé, Diogène en tailleur, je parcours la presse des trente années passées, les unes des magazines, les stars du rock oubliées, les autres, vieillissantes, qu'on connaît encore, les rois et les reines qui se marient, se reproduisent et meurent. Les critiques de films, les recettes de cuisine, les témoignages d'hommes et de femmes qui traversent des épreuves…

Je lis aussi des livres, beaucoup, les miens d'autrefois, ceux que je n'ai pas emportés, qui trouvent pourtant un écho en moi, comme si les histoires qu'ils contiennent reprenaient place dans une zone de mon cerveau. Je les remplis de nouveau, ces petits ballons dégonflés, je pleure, encore, au-dessus de ces flaques sèches.

La mère, je lui fais à dîner, je la sors de l'ordinaire, et quoi ? Elle ne touche presque pas à son assiette. Avis de grand frais, elle est très agitée.

Ce soir déjà, elle a interrompu ma sieste d'un petit déménagement, sans autre raison apparente que l'occupation que cela lui donnait. Un transbahutement sauvage, à vitesse forcée, un échange de cartons entre la véranda, déficitaire, et la cuisine, excédentaire, c'est une hypothèse. Peut-être recherchait-elle quelque chose, à moins qu'elle n'ait développé avec les années une économie complexe faite de règles et de lois à mes yeux invisibles, lois et règles auxquelles j'ai très bien pu contrevenir par un geste malheureux, un réveil déplacé, ce sommier reposé contre le mur. J'ai sans doute bouleversé son écosystème, petit castor, elle répare.

Elle se lève et se rassoit, son assiette à la main, l'entrée est intacte, je la comprends, c'est tiède et gélatineux, si la cuisine avait une Ligue 2, c'en serait le ventre mou.

Même pas infect, insipide plutôt, le grand rien culinaire et la mayonnaise qui n'est pas assez salée, du goût on ne retient que la température.

Elle rapporte son repas à la cuisine, manière de protestation silencieuse, n'était le chewing-gum de ses chaussures, et le pose, à peine en équilibre, sur un édifice déjà branlant de boîtes et de ramequins.

Dix fois je reprends l'assiette, dix fois elle se lève et la repose, la défiance allume une lueur de regard dans son œil, la colère la rend de plus en plus vivante, elle a en tête un projet impérieux, remettre l'assiette sur la pile, projet que je contrecarre sans cesse, vingt fois et qui devient de ce fait même, essentiel et vital. Par jeu mais aussi pour la pousser dans ses retranchements, va-t-elle céder, docile, ou bien continuer jusqu'à la fin des temps, automate stupide ? Je continue. Encore. C'est devenu une danse, elle se rassoit, je me lève, elle me suit, je reviens, elle se rassoit, à mon tour je me lève. Et l'assiette, symbole de notre enjeu, jamais surimi n'aura autant voyagé, même de son vivant de poisson, n'en finit plus de passer de mes mains aux siennes.

Je ne compte plus nos voyages, la mère, le fils et le surimi, le surimi, la mère et le fils, le fils, le surimi et la mère, famille recomposée. Et puis l'inévitable arrive, l'assiette tombe et se brise, *elle part à Casson,* il devait en être ainsi, c'est même curieux que cela ne soit pas arrivé plus tôt, instant fatal. Elle tombe au ralenti, l'assiette, suicide de porcelaine étourdie, entraînant avec elle la pile de chaos qui l'accueillait, même le surimi n'aime pas mourir seul.

La mère continue encore une ou deux rotations, entraînée par l'habitude comme le ferait un lourd chariot sur son rail.

J'écrase deux comprimés de Lexomil que je dilue dans un grand verre d'eau. Elle boit sans barguiner, en me regardant de ses yeux inquiets. Dès qu'ils feront effet, je la prendrai dans mes bras et j'irai la poser sur son patchwork fétide. Ensuite je téléphonerai à Sandrine et je réfléchirai.

32

L'après-midi n'en finit pas de ne pas finir, je me sens une âme de conservateur, d'archiviste, ces piles de papier dont la grande majorité ne présente aucun intérêt, quelques cartes postales de Jacqueline, je reconnais nos lieux de vacances, la côte basque, les Pyrénées, et cette petite ville près de Perpignan, les cartes racontent la météo, *la pluie ici, incroyable en plein mois de juillet*. Et les vachettes, les feux d'artifice, cartes vides, où jamais il n'est fait mention de moi.

Jacqueline se propose de passer en septembre. De quelle année ? L'encre du tampon est illisible, le papier l'a bue.

Des livres aussi, ceux de la mère, la collection de ses Balzac, la moitié de *La Comédie humaine*, poussière et champignons, les pages de quelques-uns sont cornées, *Un drame au bord de la mer*, *La Rabouilleuse*… Les autres n'ont pas l'air d'avoir été ouverts.

Et puis les miens, bibliothèque rose, *Le Clan des sept*, *Le Club des cinq* et son exaspérante Claude, des livres de contes dont les images me sont monstrueusement familières, les personnages comme des parents éloignés, *Le Chat botté, Blanche-Neige*; *Robin des Bois* et son gros moine chauve côtoie *L'Île au trésor*. Je retrouve la peur originelle, la cruauté des personnages, les morts et ceux qu'on enterre vivants. La peur n'est plus ce silex aigu, elle s'est faite galet et ne déchire plus rien. Elle est devenue lointaine, inoffensive.

Un pan entier de bibliothèque verte. Paul-Jacques Bonzon et ses *Six Compagnons de la Croix-Rousse*.

Avec *Le Club des cinq* et *Le Clan des sept*, voilà le tiercé de mes années d'enfance reconstitué. Et plus loin les *Oui-Oui*, ses gros caractères, Potiron et les pages épaisses. J'arrête le catalogue avec *Les Malheurs de Sophie*, je me souviens des poissons rouges découpés, du sel, j'imagine que *La Petite Fadette* n'est pas loin, qui doit promener ses habits de gueuse, des haillons, le mot m'avait fait forte impression, en attendant l'héritage.

Posé sur la rangée éboulée de mes livres d'avant, au-dessus des *Barbapapa* pâles, qui sont depuis revenus en grâce, un immense agenda de bureau, à la tranche noire et cartonnée. *1953*, sobre, en lettres d'or.

Je l'ouvre, le marque-page est coincé quelque part au milieu. Les pages sont vides, blanches, l'ivoire et le doré, rien d'autre.

J'entends la mère qui fouille dans la cuisine, ouvre ses placards et les ferme, les ouvre encore et les ferme à nouveau. Ces placards qui abritent toute sa collection de boîtes de Nesquik, sel, gros sel, étiquettes collées de travers, farine, pâtes. Toujours bien alignées, même si aujourd'hui elles sont vides pour la plupart et que le gros sel est devenu solide, monolithe d'albâtre. Le plastique à fleurs est largement décollé, le travail du temps : déposer sa fine pellicule de crasse collante, toutes ces manipulations, toutes ces poêles calcinées, toutes ces fumées lourdes et ces *mijots*, ont fini par rendre ces boîtes poisseuses et ternes, matière de papier tue-mouches.

J'entends la mère qui *brusse* dans ses placards, et derrière la cloison, qui monte et descend ses ruelles barbelées, dangereuses et rétrécies.

Un cahier ouvert sous la table de ping-pong, un océan de petits caractères noirs, une écriture penchée, appliquée, mais qui systématiquement finit sa course sous la ligne censée la supporter. Accident vingt fois répété, harmonie curieuse, ces traits comme autant de petits orvets parallèles et souples. Les pattes de mouche de mon père, la litanie monotone de ses commandes, l'état des stocks, les médicaments, les pharmacies, déficits et crédits.

Je dois me lever, la position de ma jambe droite, repliée : mon pied droit ankylosé.

Je n'ai aucune idée de l'heure qu'il peut être, j'écoute la maison, ses bruits, infimes et continus, comme vivante. Ses craquements, ses gémissements, parfois un objet qui tombe, une pile qui s'affale, le court fracas d'un bidon, quelque chose qui s'affaisse. La chouette dans le chêne qui a remplacé le jacassement des pies. Hulule.

33

Les ressources humaines à présent, *merci de bien vouloir nous rappeler dans les meilleurs délais. Vous n'avez pas repris votre service à votre retour de vacances, nous nous inquiétons.*

Ne manque plus que le *cordialement*, comme on termine les courriers électroniques. Je déteste ce ridicule et dangereux *cordialement*. Abrupt, qui raconte exactement l'inverse de ce qu'il paraît véhiculer. Couperet souriant.

J'ai l'impression d'avoir entendu Mme Martinon le prononcer, je me repasse le message, mais non, elle ne l'a pas dit. Mme Martinon, responsable des ressources humaines, *RRH*, comme elle se présente, la main franche tendue au-dessus du bureau. Je ne la connais pas bien, je la vois une fois par an, lors de l'entretien de compétences, mascarade. Je me souviens de sa broche dorée, d'un autre âge, et de sa bouche, petite et toute ronde, comme surprise d'être en plein sur son visage.

RRH, aussi humain que R2D2. *Bonjour, Madame Martinon, R2D2. Cordialement.* Ça ne changerait pas grand-chose.

J'ai encore ce *cordialement* muet dans l'oreille, ce *cordialement* qui n'existe pas, qui existe presque.

Ce *cordialement* qui me salit.

Je suis sûr qu'elle l'a prononcé, pour elle, toute seule, après avoir reposé le combiné de son téléphone noir, le même que le mien, le même que tous les salariés de *Rent Eco, entreprise de location de véhicules, véhicules utilitaires, deux-roues*.

Me prend l'envie de la rappeler, de faire sonner son gros bazar noir, compliqué, dont le cordon n'est pas, contrairement au mien, j'en suis sûr, complètement tortillé. De l'agonir, elle et ses décisions insignifiantes, ses feuilles de temps, ses plannings de congés, ses demandes de RTT et ses primes de fin d'année. *Malheureusement, tout se passe au niveau européen, je ne peux pas faire grand-chose pour les augmentations. Ça ne tiendrait qu'à moi.*

Salope.

J'efface son message, on dirait qu'il pleut encore, une averse, j'entends les gouttes sur le toit de la véranda.

Mon téléphone entre les doigts, je joue avec les touches, relis mes textos, la plupart de Sandrine, inquiète et furieuse.

J'emmène mon téléphone, il est temps de faire les présentations, dans l'obscurité de la cuisine, je m'assois à côté de la mère, ma mère folle, absente mais concentrée, qui suit les photos, mes petits haïkus numériques, je les fais défiler, je lui montre ma famille, sa famille. Je m'arrête doucement sur chaque personne, je dis le prénom, je prononce bien distinctement. Je lui explique très calmement qu'elle sera peut-être encore grand-mère, à la rentrée des classes, un petit garçon ou une petite fille, c'est trop tôt pour savoir, bientôt le ventre arrondi, *regarde*. Et eux, qui sont déjà là, les enfants, leur petite bouille. Jumeaux mais pas trop, la malice dans l'œil, la bouche pincée sur celle-ci, les sports d'hiver et Louise dans le téléphérique, qui a peur de l'altitude, les railleries de Sacha qui n'en mène pas beaucoup plus large, je le vois à ses mains qu'il tord, affectant la décontraction.

Les jumeaux encore, les grimaces, notre Championnat du Monde de Grimaces, une bataille d'eau, sur le balcon de Boulogne, piteux.

Les clichés rituels de la rentrée, Eastpak sur le dos, sourires de premiers de la classe, mais la rétine.

Et puis des photos de la mer, sans personne dedans, juste le granit et l'écume. Batz-sur-Mer, que les Parisiens confondent toujours avec l'île de Batz, rien à voir, Batz-sur-Mer, c'est une grosse bourgade, cachée derrière La Baule, très étonnée de se retrouver au bord de la mer, morceau de campagne poussé contre le littoral par les marais salants. Rien d'insulaire, même la presqu'île est une idée du Croisic.

La mère semble encore très intéressée, autant que devant les photos des petits, autant que devant les photos de Sandrine, autant qu'elle le serait sans doute devant des photos de l'intérieur d'un moteur d'Airbus ou d'une palombière en bois. Et quand j'éloigne le téléphone de son champ de vision, son regard reste fixe. Je lance un diaporama de mes photos de Batz, ma récréation, maintenant que mes familles sont réunies.

Encore le fracas des roches sombres, là où montent les embruns, juste après la gifle des vagues, mer têtue qui s'acharne contre les ombres grises, lutte lente, l'érosion, sa fille.

Un autre cliché, le chemin qui surplombe l'océan.

La baie des Bonnes Sœurs, sa piscine découpée dans la roche, souvenir d'une ancienne carrière.

Une photo de Sandrine, dans la voiture.

Sandrine, langue tirée, que je viens de surprendre en pleine retouche, ses racines montrent quelques signes de gris.

Sûrement fatiguée d'attendre que je lui montre d'autres photos, la mère repart de son petit pas crissé. De loin en loin, elle se retourne, pour me regarder, me parle, s'essuie les mains à son vieux tablier, me parle encore, je n'y comprends rien, son charabia en colère, les intentions, le ton, tout y est, la ponctuation aussi, les pauses, les inflexions, ce sont des questions, mais le sens, pas, parfois des syllabes intelligibles une seconde et puis non, tout retombe dans le magma. Peut-être ne trouve-t-elle pas Sandrine à son goût. Je retourne à mes photos.

Encore Sandrine qui lève les yeux au ciel en s'allumant une cigarette, l'été dernier chez ses parents, dans la petite maison de la plage Saint-Michel.

Les messages se superposent à cette dernière image : ma facture Orange qui est disponible sur mon compte internet.

Et ma batterie qui est faible.

À gauche, une icône clignote : ma messagerie vocale est pleine. J'efface tout et j'éteins.

34

Ma mère est un fossile en baskets, infatigable maîtresse des lieux, sherpa obstinée qui n'accompagne plus que les ombres, elle arpente et arpente encore. De ces semaines avec elle, de ces jours brumeux, photocopies d'eux-mêmes, ne surnagent que l'archéologie, les fouilles : les vestiges, leur richesse incroyable. Leur pauvreté aussi.

Elle ne s'arrêtera que pour tomber, ma mère est un vélo, son équilibre lui vient du mouvement, avancer ou tomber, elle n'a pas le choix. Et puis comme le vélo, on n'oublie jamais, une jambe et puis l'autre, jusqu'à l'absurde, encore et actile, presque éternel.

Dans la vitre, je regarde le bout rouge de ma cigarette qui devient plus large et plus incandescent chaque fois que je tète le bout du filtre. Comme un animal étrange et ses cycles inconnus, comme un phare, aux signaux irréguliers, vivant et planté dans ma bouche. J'espère me remettre doucement à fumer, plus facile à dire qu'à faire, je devrais sans doute m'y reprendre à plusieurs fois, qu'importe, j'ai le temps.

La mère ronfle, abrutie au milieu de son tout ça, clocharde sédentaire, collectionneuse de riens, elle se repose, bercée par la chimie, les molécules lui racontent des histoires qui rassurent, lui laissent un peu de lumière dans tout ce noir.

Je balaie paresseusement la pièce du regard, ne pas faire tomber la cendre sur mon pull, après lui je n'ai plus rien de propre. Je me suis habitué à la géographie, à tous ces reliefs, à l'odeur, je comprends les reliefs et l'odeur comme on comprend un paysage. Tout est familier.

L'odeur insoutenable du premier jour a gagné, m'a forcé à vivre avec elle, à l'aimer. M'a apprivoisé. Cette odeur moribonde du retard, de la presque mort, de tous ces objets qui s'entassent, cette odeur qui fabrique ses montagnes, c'est l'odeur du temps. Sa face visible.

Figée, inscrite dans chaque centimètre carré de chaque pièce de la maison, elle émane de tous les objets, de chaque chose qui pourrit, qui se décompose. Le temps, cette odeur, ne s'écoule plus entre les doigts comme le sable clair, ne se perd plus dans le silence comme le tic-tac des grosses horloges indolentes, il se matérialise au contraire, se concrétise, élève son agrégat, édifice d'ordures qui se nourrit lui-même, tentaculaire et aveugle, il se fait solide. Construction physique tangible, témoignage que je peux toucher, le temps est là sous mes yeux. Les heures, les mois et les années sont autant de cartons, de cageots ou de morceaux de vieux pompons.

L'espace où vit ma mère n'est constitué que de minutes arrêtées, d'époques qu'elle a traversées autant qu'elles l'ont traversée. Ma mère immobile au centre de son univers, dans son big-bang à l'envers, les murs toujours plus proches, toujours moins de place où circuler. Son univers est en contraction, il s'effondre sur lui-même. Il arrivera un moment où il l'engloutira. Fatalement. Quand elle ne pourra plus accumuler, et plus encore, quand elle ne pourra plus bouger, enkystée dans son sarcophage.

Cet instant t, c'est son apothéose, la seconde rare et vite disparue de l'équilibre parfait où le petit automate barbu saura qu'il a accompli son œuvre. Le grand achèvement.

En attendant, c'est fou ce qu'elle peut ronfler.

Cet après-midi, je suis retourné dans le jardin, derrière le chêne. Je suis passé à l'endroit de ma maison de campagne, ma roulotte en plastique, caravane de jeune homme. Je me suis arrêté là où elle était, à la place des herbes folles. Marc, Abdel, Sophia et Isabelle. D'autres aussi, Romain, Nathalie, j'en oublie sûrement, tous ceux qui, l'espace d'un hiver, ont apporté leurs rires comme on apporte un dessert.

Tu croyais bien faire, petite Isabelle, je pense à toi, et l'empathie, ton affreuse empathie, épaisse poix qui englue, absurde comme un chewing-gum géant. Qui paralyse, qui s'insinue, petites noyades, le corps et les élans figés dans cet amour sans retenue, presque canin.

Tu croyais bien faire, petite Isabelle, brouillon de femme et tes épaules rondes. Comme un renvoi d'ascenseur, je t'avais accueillie, protégée, tu me devais bien ça. Et puis j'étais orphelin, orphelin presque.

Alors, petit cheval de trait, têtue, indifférente au reste du monde, tu as poursuivi ta mission : tu as joué à l'infirmière, pas un mot plus fort que l'autre, tampon entre le monde et moi, même mes colères te semblaient préférables à mon silence ; tu les espérais, tu les aurais provoquées si tu en avais eu l'idée.

Patiente, fragile mère de rechange, tu attendais que je finisse de détruire ce que mes gestes avalaient. Dévasté, l'intérieur de ma coque de tôle et de plastique, martyrisées à la cigarette, ses bulles idiotes, fenêtres en je-ne-sais-quoi chimique, à peine transparentes, crevés, éventrés les pneus, tu attendais que ma rage se fatigue sur la caravane, mon œuf blanc qui ne me servirait bientôt plus.

Personne n'a pu éteindre cette colère, je la sens quelquefois encore, acide, tapie, tout juste endormie, prompte à escalader n'importe quel prétexte, un chauffard, une facture injustifiée, une attitude ambiguë de Sandrine, pour sortir sa tête monstrueuse et mordre, déchirer, mâcher ceux qui passent à sa portée, les proches, ceux qui aiment et qu'elle lacère sans retenue. Personne n'a réussi, ni Mme Naigre, ni les pédopsychiatres, ni Robert, encore moins Jacqueline, les dîners.

Ce que je leur balançais, avec force, autour de la table, dans la salle à manger – démesuré tout ce bois, comme des habits du dimanche. Furieux contre eux, contre elle, contre un dieu auquel je ne croyais pas, sûr de mon bon droit mais vaguement coupable de la facilité du procédé, ma colère injuste, et terriblement excité, de plus en plus, par leur attitude, la compréhension mielleuse qu'ils opposaient à mes écarts. Cet immense ressentiment, qui mettrait des années à se canaliser, à s'éteindre de lui-même n'était que de la peur, le résultat de ce que je percevais comme une injustice, de l'angoisse face à la disparition de l'avenir, notion floue jusque-là, mais qui prenait toute sa réalité dans son prochain effacement. Juste avant la chute, je continuais à courir comme ces personnages stupides de dessins animés, j'étais une mouche, tout le reste était vitre.

Bien sûr, l'avenir n'avait pas disparu, il s'était juste déguisé, fuyant l'endroit où je l'avais placé, fuyant le devant moi pour se mettre là, sur le côté, où je devais le chercher pendant une longue seconde. Chaque matin, j'ai visé mon futur là où il n'était plus, avant, mouvement de tête, d'en prendre conscience : il est là, là où la vie l'avait posé. Je n'ai pas eu le choix, le monde avait choisi pour moi, et les lois de la République, sa logique. Sans parler de l'attachement familial, le sang, celui qui ne mentirait pas, bouillon aveugle et épais, qu'on n'arrête jamais, j'ai été l'enfant que Robert et Jacqueline n'ont pas eu.

35

Que sont-ils devenus, Abdel et Marc, Sophia et Isabelle ? Et les autres ? Nantes n'est distante de Rennes que de quatre-vingts kilomètres, une immensité à l'échelle de mes quinze ans. Des visages qui s'effacent, des voix qu'on perd, sans jamais se rendre compte de l'instant où.

De la dernière phrase, de la dernière étreinte ou du dernier fou rire. Pas un souvenir, c'est mieux comme cela, ils disparaissent avec leur disparition.

Les promesses meurent au rythme des renoncements. Et arrive l'âge où il ne fallait plus revenir, comme respirer sous l'eau, impossible.

J'étais là. Séparé de moi par rien et par vingt ans, tout ronds. Immobile, un long moment. Et puis j'ai poussé dans la jungle, jusqu'à la cabane en bois dans laquelle le père rangeait ses outils, les pelles et les serpes, le râteau à feuilles et la brouette en bois. J'ai réussi à ouvrir la porte, la clef tordue pourtant soudée à sa serrure par la rouille. À l'intérieur, c'est comme partout, un petit bordel vertical régi par les seules lois d'une gravité définitive : ce qui tombe est à sa place et sert de socle à ce qui vient après.

Dans ce minuscule réduit, le pléonasme n'est pas de trop pour rendre justice aux dimensions étriquées du bâtiment en plaques de ciment, il y a des bouteilles de vin, du verre blanc, celui dans lequel on met du grolleau, plus loin, des poutrelles métalliques, sortes de petites traverses, comment sont-elles arrivées là, chacune pèse au moins trente kilos. Dans le dernier renfoncement, un stock impressionnant de quilles de bowling, blanc et rouge, la plupart abîmées, pourtant qu'elles sont belles. La brouette au centre est pleine de bouchons de bouteilles d'eau, verts, tous identiques, on dirait des grosses lentilles des marais. Au-dessus, à côté et en dessous, les habituels cartons, les effondrés, les affalés et les dégueulants, à elle seule, ma mère est responsable de la déforestation d'un demi-département.

Pendant qu'elle continue sa sieste, j'imagine son ronflement méthodique, petit train sans arrière-pensées, je caresse les courbes de la madone du bowling. La perfection de l'objet. Ses hanches larges, il n'y a pas d'épaules, pas plus de bras. C'est une femme aveugle et douce, la promesse d'un recommencement.

On pourrait tout plaquer pour elle, pour cette sensualité de plastique, zéro aspérité, tout semble facile, évident. Le rouge, comme le blanc, tout est à sa place. Cette passivité, cette douceur, comme elle tranche avec la brutalité de la boule, sa vitesse, sa surface mate, la violence du bruit qui dévaste. Les quilles sont les victimes dodues de leur naïveté. Le fait qu'elles soient dix, en formation quasi militaire, ne leur sera d'aucun secours. Elles sont les femmes qu'on rencontre au hasard d'un café, celles à qui on demande combien elles ont de radiateurs chez elles et qui rient, surprises et ravies de l'approche. Celles à qui on promet qu'il n'y a pas de plus belle occupation que de jouer sans fin avec leur douce poitrine, on pourrait même en faire un métier, le plus beau du monde, *jouer avec tes seins*. Celles qui s'appellent Jennifer ou Je-ne-sais-quoi, qui nous feront des Jennifer ou des Je-ne-sais-quoi de quatre-vingt-cinq ans, étonnées d'être aussi vieilles et d'avoir si peu vécu. Des femmes douces, obscènes de tant de douceur, doucereuses et écœurantes.

Aux fades parfums de leur chair s'additionne leur caractère égal et bonasse, elles sont placides et de bonne constitution.

Ces femmes, posées bien à plat, en triangle sur le parquet verni, danseuses que plus personne n'invitera, attendent la collision finale, l'accident qui roule déjà dans un bruit de tonnerre, délivrance. Elles tombent en faisant le plus de bruit possible, et, mauvaises copines, s'entraînent mutuellement dans leur chute, anonymes et interchangeables.

Et, l'instant d'après, elles sont à nouveau en place.

Tendant l'autre joue. À nous narguer de leur gentillesse, à exposer encore leurs flancs immaculés et rebondis.

Il faut y retourner.

36

J'ai eu envie de boire du Ricard. Pour la première fois de ma vie, j'en ai acheté une bouteille, la même que celles du père, un grand litre, il en reste une dans le bar, j'ai pu y accéder en déménageant la moitié du salon, mais plus de vingt ans ont passé, je ne prendrai pas le risque d'y goûter. J'ai emmené sa bouteille avec moi, la vieille, celle avec la poussière dessus, qui a dû servir une dernière fois, sans cérémonie d'adieu, un ultime apéro qui ne dit pas son nom. Le père n'en aura rien su, *un petit dernier pour la route ?* Son pot de départ en quelque sorte. Et la contemporaine, celle de l'Intermarché.

J'installe mon bivouac dans le bureau, là où le père faxait tous les soirs ses commandes de médicaments, le sourire les bonnes journées, les mauvaises, un second *jaune*.

L'étiquette de la nouvelle bouteille paraît plus ancienne, plus authentique, vingt ans de progrès en marketing.

Le tout premier est léger, la Vittel encore fraîche, le goût m'est étranger, il me rappelle tout au plus celui de l'Antésite à l'anis, est-ce que ça existe toujours ? Et peut-être, mais je me méfie de mes souvenirs, l'odeur du père, les apéritifs interminables avec les collègues.

La mère trottine, Asics aux pieds, elle les a complètement oubliées, elle est même sortie acheter du pain. Elle voulait également aller à la banque pour retirer de l'argent, mais il lui manquait l'autorisation de sa tutrice, assignée par la ville. Je lui ai donné un billet de cinquante euros, son argent de poche, sans les recommandations, elle peut bien acheter ce qu'elle veut, des revues pornos ou une barrette de shit, comment disent les jeunes aujourd'hui ?

Je me sentais vaguement coupable pour les deux Lexomil, la voir aussi active aujourd'hui m'a rassuré.

De mon expédition du jour, l'atelier de la mère, elle peignait quand elle était plus jeune, j'ai ramené un gros magnétophone à bandes, un ReVox qui me fascinait mais que je n'avais pas le droit d'utiliser, *tu vas l'abîmer, et après il ne fonctionnera plus quand on en aura besoin, on sera Gros-Jean comme devant, merci bien.*

Touche play, les bandes se mettent à tourner, le son est sale, ça craque comme un vieux vinyle : d'abord une voix d'homme qui lit un texte, je comprends que c'est le père, à l'occasion de mon baptême, il recommence une deuxième fois la même phrase, bute sur un mot, recule et prend son élan, ça ne passe toujours pas, il se met à rire, un rire qui part haut, en pointe, j'avais oublié. Il est brusquement coupé, il y retourne, bon élève, une troisième fois. La voix de la mère suit, avec un autre extrait, ils répètent, pour être fin prêts à prendre la parole devant la famille, les amis ; le texte, un évangile sans doute, n'aide pas à la décontraction, c'est un peu épais et sans nuance.

Et puis la bande se fait palimpseste, on entend ma voix, suraiguë et appliquée, je chante une comptine, *Boris et Natacha,* il est question d'une forêt blanche d'Ukraine, d'une troïka et d'une Petite Mère qu'on presse de raconter l'histoire. Aucun souvenir de ce chant, comme si ma voix était celle d'une petite sœur, d'une cousine que je n'ai jamais eue, mais c'est bien moi qu'on félicite à la fin de l'interprétation. On retourne des années en arrière, encore *Père très bon, nous te rendons grâce car tu opères des merveilles parmi nous.*

Depuis le début de la création et le rire du père, le mien, pas celui du ciel, qui se fait engueuler par la mère, il ne se concentre pas assez, semble-t-il.

Pourtant, il devrait le savoir par cœur le texte, à force, ça dure encore.

Sur le reste de la bande, il n'y a plus rien que du blanc, je laisse courir, ça finit par ressembler à de l'eau, une fontaine ou presque la mer, une vague qui n'en finirait plus de déferler.

37

On se salit vite ici, la poussière, dans le meilleur des cas, est partout dans la maison, les objets sont poisseux, j'ai dû partir à la recherche d'un pantalon du père. Aucun risque qu'elle les ait jetés, je les ai finalement trouvés au fond d'une armoire, loin, loin après une muraille de cartons et, curieusement, de sacs de plâtre.

Le mariage de l'anis et de l'antimite est étonnant, le pantalon, velours vert à grosses côtes est beaucoup trop grand pour moi, je ne me souvenais pas que le père ait été aussi large. Il y a quelque chose d'obscène à porter les habits d'un mort, comme une profanation. Le corps de mon père est debout sur mes pieds, nous marchons ensemble.

La Vittel est moins fraîche, je fume dans le bureau, cigarette sur cigarette, le nuage est impressionnant, depuis combien de temps la fenêtre, qu'on devine à peine derrière la masse, n'a plus été ouverte ?

Un papillon jaune, improbable Post-it paniqué, volette autour de moi. Comment est-il entré ?

38

Les enfants et Sandrine me manquent, c'est étrange. Les enfants, c'est normal que j'aie envie de les voir, de les toucher, de les sentir aussi. Sauf quand ça vomit sur les tapis, les enfants ça sent bon.

Mais Sandrine ? Qui passe la moitié de son temps à me castrer et l'autre à me fuir. On s'habitue à tout sans doute. J'ai ma *part de responsabilité* comme on dit dans les magazines féminins, elle me traite mal, parce que je la laisse me traiter mal. Au fond, c'est peut-être ce que je souhaite.

Je dois être difficile à vivre aussi, tout en plumes de canard, la vie qui glisse et l'ironie qui sert d'émotion ; le contre-pied perpétuel, ça peut fatiguer à la longue.

J'entends le pas de la mère, increvable, il est minuit et demi, ses baskets ont vite adopté le son collant des charentaises, le glissé en moins. C'est déjà ça.

Elle fouille, déménage, range, ordonne, façon de parler, sa maison est son projet, son chantier, perpétuellement retardé, une grotte qui la protège mais qui l'ensevelit, un labyrinthe qui la perd mais qui la structure.

Je dois en être au quatrième Ricard, tiède maintenant, c'est fou ce qu'il fait chaud, ma capacité de concentration est proche du rien, je suis bien, traversé par des pensées qui ne laissent pas de traces, de temps en temps je m'écoute chanter la petite berceuse russe et furtivement j'ai des envies de Lego. Construire des plates-formes incroyables, d'hypothétiques vaisseaux intersidéraux, des châteaux de la Loire remplis de crénelures ou des pyramides précolombiennes tout en escaliers, imagine le minuscule vertige.

Sandrine jouerait avec moi, peut-être elle préférerait les soldats en plastique qu'on dégomme à coups de bille, difficile de savoir, c'est tellement imprévisible une fille.

J'ai bien fait de prendre deux paquets de Marlboro, j'ai toujours eu du mal à comprendre comment on pouvait s'envoyer quarante cigarettes par jour, quatre minutes par cigarette, presque trois heures non-stop, à ne respirer que du goudron et des trucs compliqués avec des lettres et des moins et des plus, la chimie, ce continent inaccessible, des produits dangereux dès leur nom et des acides, chapeau, je me disais. Dans ces conditions, fumer, c'est une activité à part entière.

Et là, je me rends compte qu'avec trois, quatre, sept Ricard, ça passe très bien.

Dans la forêt blanche d'Ukraine. La neige, ce blanc dans le vert des arbres autour. Ça, c'était avant Tchernobyl, petit Boris et Natacha ont sûrement des enfants avec des bras en trop, des doigts là où il ne faut pas, des enfants qui bavent et qui font même peur aux rares loups qui restent, ceux qui continuent à hurler à la lune malgré ou à cause de leur cancer, meute décimée. Natacha, fatiguée par les aiguilles froides, a opté pour le stérilet, petit Boris est ravi, derrière sa vodka. Sont-ils frère et sœur ?

Je ne me souviens pas de la fin de l'histoire, si Petite Mère crache le morceau toute seule ou si des types du KGB l'aident un peu, Natacha, son visage caucasien, sa peau imparfaite, des rougeurs autour des yeux, comme si elle passait son temps à pleurer ou à être allergique, timide, le froid aussi qui lui coupe les lèvres, voilà comme je la vois.

Petit Boris n'a pas de visage, il est toujours de dos, la nuque est fine, le port de tête affecté, les prénoms et ce qu'on projette dessus.

Ma vessie crie au secours, ça devient une habitude, il faut dire que je m'hydrate beaucoup, l'idéal serait d'aller dehors, mais cette flemme. J'attrape une bouteille d'eau vide, une antique, sous le bureau et je me bricole au briquet un W.-C. portable. Urinoir, s'entend.

Ma bite me fait mal maintenant que j'y pense, et j'y pense comme je l'ai dans la main, depuis l'autre soir et sa Valentine. Des petites vésicules rouges, en effet, tout au bout du gland, comme si elles voulaient s'échapper, mais après, les filles, il n'y a plus rien, c'est le vide.

Rien d'inquiétant a priori, ça m'apprendra à utiliser des Kleenex vivants.

Un Ricard, très léger, juste pour la soif et je me souviens de la voiture, des parents à l'avant, des vacances en Espagne, où l'alcool était moins cher, des bouteilles de ce même Ricard que le père, conspirateur inquiet, planquait dans les portières, derrière les habillages en plastique, de la douane qu'on franchissait, de ma peur au ventre. La barrière fatidique passée, de la tension qui ne retombait pas pour autant, il fallait se méfier de la douane volante.

Je restais des heures à l'arrière de la voiture, à surveiller, à scruter le ciel à la recherche d'un gendarme et de son chien, une grande hélice sur le dos.

Je n'ai jamais rien vu.

Rien ne reste, les images se suivent et Sandrine revient, manège qui tourne, nos conversations du soir me manquent. J'essaie de me concentrer, me souvenir du moment où.

Sans doute un soir comme tous les soirs quand nous ne sommes pas ensemble. La conversation qui roule, *small talk*, et puis.

La petite lumière en plus, qui s'est allumée dans ma tête, si j'y réfléchis bien, elle était déjà là, la lumière, elle s'est juste mise à clignoter comme une dingue, donner l'alerte, quand Sandrine, *mes nausées ne passent pas, demain j'achète un Clearblue. Si ça se trouve, on ne sait jamais. Une petite sœur pour les jumeaux.*

Il y a des phrases qui ne sont que des mots, qui ne veulent rien dire, qui ne servent qu'à faire du bruit et à occuper le canal de la communication. Et puis il y a les autres, qui donnent des informations importantes, qui vous bousculent et qui changent une vie. Je crois que cette phrase appartient à la seconde catégorie. *Si ça se trouve, on ne sait jamais. Une petite sœur pour les jumeaux.*

Je ne sais pas ce qu'elle en pense tout au fond d'elle-même, si elle en a envie, ou si elle se dit que ça tomberait bien, pour occuper l'espace qu'on laisse de plus en plus entre nous. Elle est peut-être comblée.

Je ne sais pas non plus ce que j'en pense, rien n'est encore sûr, j'ai toujours eu du mal à échafauder sur du sable, j'ai adopté l'attitude du type plutôt optimiste, mais qui garde l'explosion de joie pour le jour où le test aura viré au bleu.

Ce serait extraordinaire.

Que ça tourne au bleu, vu la fréquence de nos rapports.

J'aime beaucoup cette expression, *la fréquence de nos rapports*, comme ça raconte mal les étreintes et le temps qui passe entre. On dirait la carte de fidélité d'une compagnie aérienne.

Vu la fréquence, donc, le Ricard m'éloigne en petits cercles concentriques, le taquin, ça serait extraordinaire que Sandrine soit enceinte, ça y est le mot est là, roulette russe, le joueur qui perd dès le premier essai, martingale à l'envers, au tout premier tour de barillet, le joueur c'est moi.

Je dois être très fertile, mon sperme champion du monde, si ça se trouve les femmes qui viennent me louer des voitures repartent grosses, je suis peut-être contagieux à ce point, télépathe de la semence, procréateur Bluetooth. Je me sacre Spermator 1er, je me couronne, je me félicite, que mon règne soit long.

Je vais rester là ce soir, dormir dans ce fauteuil, sa poussière ne me fait plus éternuer, il faut laisser reposer les choses, et ça passe, les yeux ne piquent plus. Mais quand on déplace les objets, on déplace aussi les petites peaux mortes du temps.

39

Je devrais peut-être remettre ma bite dans mon caleçon, et remonter le velours dessus, ça ne serait pas idiot mais c'est difficile, tout est difficile, je sens mes mains énormes, comme quand je m'endors certains soirs, mes mains-cathédrales, paquebots boursouflés. Et l'intérieur de ma bouche aussi, ma langue est grosse et large comme un de ces animaux de mer dont le nom m'échappe, mes dents, des bornes kilométriques pas encore repeintes et mes genoux, mes genoux sont à des minutes de vol de mes hanches.

Quand j'ouvre les yeux, je suis déçu de mes proportions ordinaires.

Sandrine, le tour de manège est de plus en plus court, il tourne de plus en plus vite, la force centripète évacue naturellement le moins important, je devrais boire plus souvent, Sandrine ma moitié avec qui je fais des jeux de mots honteux comme d'autres se coupent les ongles sur le canapé, en français comme dans la langue de Benny Hill, elle a embrassé la carrière, travaille dans un collège avec des élèves et des boutons, enseigne l'anglais, je n'ai pas le niveau, elle me bat à plate couture. Elle tourne autour de moi, vitesse folle.

Je me souviens de *wet and sea*, sur un Post-it à Batz, la première année chez ses parents, qui m'enjoignait de la retrouver pour une sieste dans les dunes, je ne l'ai su qu'après, sibylle.

De la *chair de pool* en sortant de la piscine, de son *je vais voir higher* quand elle m'a quitté, qui m'a gratté longtemps la gorge. À mon actif, dans ce match déséquilibré, l'explication aux enfants, piteuse, de la météo parisienne : les nuages qui entrent toujours dans la capitale par la porte de Saint-*Cloud*. Pas facile à expliquer à l'oral, j'ai toujours été moins mauvais à l'écrit.

Quatre phrases me reviennent, de notre longue compétition, une grosse dizaine d'années, un couple, ça fabrique son langage, ses codes, ça tisse des mots qui lient, qui emprisonnent aussi. Nous appelons ça *faire de la complicité*, ménage modèle en public, nos mots qui trichent.

Mais dire la vérité, c'est encore mentir.

Un autre Ricard, le dernier, je me le promets, en sachant que j'aurai peut-être oublié tout à l'heure, le Ricard c'est mon absinthe, je me sens Baudelaire ce soir, qu'il passe un chat et j'en ferai un poème.

Je suis lucide comme jamais, si je me concentrais ne serait-ce que dix minutes, je suis convaincu que je parviendrais à résoudre l'énigme de la vie après la mort, qu'est-ce qu'il y a, qu'est-ce qu'on devient, l'infini, Dieu et tout ça. Un gros quart d'heure à froncer les sourcils, il doit y avoir des pistes auxquelles personne n'a pensé, jamais. Mais quinze minutes c'est une vie ce soir, je n'y arriverai pas, je renonce, je suis passé à ça de découvrir le secret du monde, c'est frustrant, Einstein coulé dans du béton.

Mon oreille droite, un acouphène, un instant j'ai cru que c'était la sirène des pompiers. Celle du mercredi. Les premiers mercredis du mois, quand par extraordinaire il est là, le père penche la tête, les yeux en l'air, *il est midi*. Et quand il n'est pas là, la mère qui lève le doigt et imite sa grosse voix, *il est midi*.

Tourne encore.

Une phrase, de l'anglais aussi, mais bien avant Sandrine, *one trick pony*, je ne sais plus ce que ça veut dire, je l'avais apprise à Oxford, chez mon correspondant, *pen friend*. Ramener une expression de l'étranger comme on rapporterait un souvenir, ça n'encombre pas les étagères.

Tourne, tourne.

Les listes, celles où il faut trouver son nom, les résultats du bac ou de la licence, les noms qui se suivent, il faut se rendre à l'évidence, je ne suis pas dedans, ou si, ça saute à la figure, avant même que j'atteigne la ligne, l'œil active la pompe à adrénaline sans me laisser le temps de comprendre. Comme le courrier du laboratoire, le test HIV, c'est sûr, ça y est, cette fois je ne passe pas entre les gouttes, ça devait arriver, à force, *urbi et orbi*, la vérité va éclater, je couche à gauche, à droite, au gré des occasions. Cette petite étudiante qui arrondit ses fins de mois, c'est pas glorieux, Sandrine, les enfants ; pire, la mort, Sandrine, que peut-être tu as déjà en toi, mais je comprends que non, ça n'y est pas, je m'en sors, je passe encore entre les gouttes, le *négatif* en bas de la page comme mon nom sur la liste des reçus au bac. Je l'échappe belle.

Mes paupières closes, des images qui les traversent, des flashs qui viennent de nulle part, je bois un verre de mon urine quand les parents font la sourde oreille, j'ai soif, sur la plage ; ma grand-mère dans son petit jardin au printemps, quand on l'embrasse, elle sent toutes les fleurs du monde.

Une dispute entre le père et la mère, le ton qui monte, ma petite mère ne se laisse pas faire, debout sur les pointes, souris contre un ours. Ils étaient si différents, là où elle pleurait les biscottes écrasées, il applaudissait la chapelure. Et bientôt les cris qui cessent, le rire de l'ours.

Tourne, tourne, le manège.

C'est long l'enfance.

C'est long de faire ce que l'on est.

Je suis tous les personnages de Disney et cette vieille tante aussi, je suis le défilé du 14-Juillet, je suis ce morceau de papier poussé par le vent, je suis les prétextes qu'on trouve pour remettre au lendemain, je suis un garde-côte et ce grand type près du barbecue, je suis l'éclair au chocolat et les boulangères de Lille, je suis les ombres et les enfants qui chantent autour, je suis Mme de Maintenon et je suis les syndicats, je suis Sandrine et je m'embrasse, je suis ces piles d'objets morts et inutiles, je suis cette nouvelle étoile qui brille dans le ciel de la Belgique, je suis les fleurs exotiques et les sexes des lycéennes, je suis la musique alternative et je suis tous les chiens jaunes du monde, je suis le concours Lépine et je suis un verre de bière, je suis les yeux des gens, ce qu'ils voient et je suis leur métro, je suis tout ce parmentier froid, je suis les grues et les bateaux, je suis fatigué.

40

Une ombre au-dessus de moi, c'est la mère qui m'observe, son souffle sur mon visage.

Jean, mon petit Jean. C'est maman. Elle me donne des toutes petites claques de rien, bombyx de velours, ses battements d'ailes.

J'ai les yeux bien ouverts, maintenant. Je n'ai pas vraiment la gueule de bois, je suis dans cet instant d'avant le vrai réveil où tout est encore gratuit.

Je ne sais pas combien de temps j'ai dormi, il fait blafard, la mère se recule, timide quand je relève la tête, mon Dieu, ce que j'ai soif.

41

Quand je rebranche mon téléphone, ça fait la fête foraine. Tout clignote, la boîte de messages est pleine, les SMS nombreux, qui arrivent par deux accompagnés d'une sonnerie suraiguë sur fond de vibreur. Mon téléphone se déplace seul, soubresauts, comme un poisson juste sorti de l'eau, le fil de la recharge le retient au bord de la table, harpon électrique. Enfin, il se rend, ne bouge plus, juste le témoin de charge qui continue de frissonner, discrètement, comme un petit cœur tapi.

Sandrine, le bureau, Sandrine, le bureau, Sandrine qui dit avoir appelé le bureau, l'angoisse, le bureau et puis Sandrine, Sandrine, Sandrine. Sandrine qui pleure, Sandrine qui supplie. Sandrine qui crie. Sandrine qui m'attend à Batz. Sandrine sans message. Le père de Sandrine, sa grosse voix calme et vaguement menaçante. Sandrine et les enfants, muets.

Heureusement que j'ai l'âge que j'ai, sinon je ne tarderais pas à voir arriver les types du GIGN, encagoulés, armés et accompagnés de chiens, encercler la maison, donner l'assaut.

Un des seuls avantages d'avoir presque la quarantaine, c'est qu'on peut disparaître en paix, comme un caillou dans l'étang, les petits ronds s'effacent vite, écho liquide qui s'affaiblit et la surface qui finit par retrouver son calme.

Je suis debout au milieu de mes petits cercles qui hurlent.

42

Elle tricote toujours des jambes, montant et descendant ses talus tandis que je cherche de l'eau, j'en ai laissé quelque part, un pack entier. De source, gazeuse, qui me vient à la bouche, c'en est presque douloureux.

Disparues, déménagées les bouteilles, je me rabats sur le robinet, son tartre et sa puanteur contre mes dents.

En sortant de la cuisine la mère me fait face dans le boyau du couloir, je prends appui sur une valise marron, je me tiens à la fourche d'un vélo d'appartement, nous nous croisons, elle semble ne pas me voir.

Quand elle sera dans sa chambre, j'attendrai.

La fin de l'aube qui la voit toujours s'endormir.

Et je ferai tomber ma quille, danseuse obèse, à la verticale de sa tête, le blanc et rouge sur le jaune de ses cheveux.

Sur le jaune et bientôt rouge.

Il faudra être précis. Je me mettrai le plus en hauteur possible, qu'elle prenne de la vitesse, du poids. Un seul coup, net, sans bavure.

Je ne pourrai pas recommencer, j'ai besoin d'un strike, on n'a jamais vu une quille tomber toute seule deux fois de suite. N'importe quel policier connaît les lois élémentaires de la physique.

Ça devait arriver, c'est un tel bordel.

Ça ne surprendra personne, ni mes empreintes sur la quille très rouge et moins blanche.

Elle devait être tout en haut, en équilibre, c'est incroyable, comment on peut vivre comme ça, il y en a jusqu'au plafond. C'est étonnant qu'il n'y ait pas eu de catastrophe avant. Appelle le commissaire, il faut qu'il voie ça. Pas France 3, non, le fils ne le souhaite pas. Qu'ils restent derrière la barrière.

Peut-être qu'elle n'expirera pas tout de suite, j'ai parfois l'impression qu'elle est en béton armé, je serai bien content d'avoir recommencé à fumer, j'irai dans la véranda en attendant que sa respiration se calme, cigarette sur cigarette, l'agonie d'une vieille et petite personne, ça fait du bruit, ça déborde sa vieille et petite personne.

Et puis quand je n'entendrai plus son râle, ni ses jambes d'insecte, ni plus rien, ça prendra sûrement un demi-paquet de clopes, je reviendrai, j'ôterai la quille, enfoncée dans son crâne sec, j'aurai déjà le souvenir du son, comme celui d'une biscotte, moins solide que prévu, peut-être j'aurai été obligé d'aider un peu la gravité, la tempe du côté droit, un jus clair qui imbibera largement son patchwork et le carton dessous, je chercherai le pouls et j'appellerai les secours.

Au bout de trois autres cigarettes, ils arriveront avec les sirènes, d'abord les pompiers qui mettent les voisins sur le trottoir, et puis la police, une voiture de patrouille.

Déjà je penserai aux enfants, à Sandrine, j'aurai envie de les rejoindre.

De monter dans le Picasso, de rouler tout droit jusqu'à Batz, sans m'arrêter et d'aller me baigner en pleine nuit en pleine mer, entre les rochers noirs et de faire la planche, ventre en l'air, au centre de tout ce tungstène liquide.

Avant de remonter par le petit escalier en pierres dans la maison endormie, de me glisser contre elle, de la serrer contre moi. Elle et la vie qu'elle porte.

Sandrine. Je vais l'aimer parce que je l'aime.

Et Sacha. Et Louise. Et leur bientôt petit frère, je suis sûr que ça sera un garçon, aventureux et dur au mal.

Comme l'aurait été l'enfant Jean.

Pour le prénom, je ne sais pas si Sandrine sera d'accord.

Mais je trouve que ça sonne bien.

L'auteur tient à remercier dans le désordre comme il se doit :

Le docteur Olivier Saladini*,
pour ses conseils sur le collectionnisme et l'entassement pathologique.

Philippe, pour son invraisemblable ténacité.

Alexia, Catherine, Boris, Ronan, Olivier, Alexandra et Nathalie, pour leurs conseils, précis, précieux, que je n'ai pas toujours suivis.

Et, bien sûr, Yannick, Marie-Claire et Raymond,
qui supportent mes histoires qui griffent parfois tous les vernis.

* Le docteur Saladini est chef du service de psychiatrie
du centre hospitalier de Romans-sur-Isère
et est notamment l'auteur, avec J.-P. Luauté,
de « Le collectionnisme des entasseurs pathologiques », *Neuro Psy*, 2000.

Votre livre est fabriqué en France sur un papier certifié PEFC,
pour une gestion durable de la forêt.

Ouvrage réalisé par Cédric Cailhol Infographiste
Achevé d'imprimer en mai 2021
par l'imprimerie Corlet à Condé-en-Normandie

Dépôt légal : août 2021
N° d'impression : 21030762

ISBN : 978-2-8126-2211-3

Imprimé en France